Rita Lell

Mühlhiasl begegnet Corona

Kein Mensch will`s glauben

Impressum

© 2020 Rita Lell

Herstellung und Verlag:
BoD - Books on Demand, Norderstedt

Bild Seite 7: Magdalena Lell
Seite 136 und Titel: Rita Lell
Fotos: Rita Lell

Layout: Rita Lell

Lektorat: Agnes Hierl
                 Anna Lena Schnaudt

ISBN: 978-3-7526-0548-8

Bild aus der Gläsernen Scheune, Rauhbühl, Viechtach

Kapitel

Mühlhiasl, Magdalena Lell

Heile Welt

Eine wilde Szene spielt sich ab in der ansonsten ruhigen Straße. Sie trägt sogar den Namen Weg, Minoritenweg und liegt im Herzen einer alten Stadt.

Das schmale Haus ist heruntergekommen und scheint unbewohnt zu sein. Es besitzt ein Schaufenster an der Straßenseite, vor dem sich ein Grüppchen junger Leute unterhält. Vermutlich Raucher, die ihrer Sucht frönen und die Nachtluft genießen. Es ist ohnehin unwesentlich kälter vor dem Haus, als in dem Haus, denn dort gibt es keine Heizung. Dieser Umstand scheint nicht zu stören, man trägt ganzjährig gestrickte Mützen und lässt einfach den Mantel an, wo es keine Heizung gibt.

Lebensqualität erkennen sie im Einfachsten, Unkomplizierten mit grenzenloser Kreativität.

Wer einen Blick durch das Schaufenster ergattert, entdeckt die kleine Bühne, auf der eine vier Mann Band musiziert. Im Raum drängen sich junge Menschen dicht an dicht, sind entspannt und glücklich, sie hören den Musikern zu. Ihre Kinder spielen vor der Bühne miteinander und tanzen. Die Fürsorge der Eltern zeigt sich durch Kopfhörer, die den Kindern als Lärmschutz über die Mützen gesetzt werden.

Auch wenn das Haus klein und marode ist, es gewährt eine Auszeit, einen Lichtblick in die Realität der Dinge. Eine Konzentration auf das Wesentliche, Begegnungen, Unvoreingenommenheit, Lebensfreude. Die Befreiung vom Ballast der Konsumgesellschaft scheint kurzzeitig zu gelingen und ist Balsam für die Seele.

Für Maximiliane Wunder erscheint es zumindest so, als wäre hier eine Heile-Welt-Übung am Laufen. Für die doch wesentlich jüngeren Leute vor und im Haus ist es Normalität.

Es ist eine intellektuelle Szene mit aktueller Realitätsbewältigung. Viele sind aus „gutem Haus", es fehlt ihnen an nichts, doch sie wünschen sich weniger, stehen zusammen mit einem

Getränk in der Hand in einer improvisierten Umgebung, die vollkommen genügt.

Man fährt Rad und trägt gebrauchte Kleidung, sie leben eine Art Befreiung, keinem Konsumzwang zu unterliegen.

Sie erscheinen in Scharen, es gibt kein Problem mit der Parkplatzsuche. Sie erobern sich ihre Stadt zurück, ganz unkompliziert, einfach nur mit Konsumverzicht.

Das Tolle ist, das gelingt wirklich!

Das kleine Haus wartet auf seine Renovierung und darf zwischengenutzt werden. Die Heizung wird einfach stillgelegt, der Stromverbrauch auf wenige Glühbirnen reduziert.

Es fehlt an Nichts, ein Umstand, der offensichtlich beruhigend und befreiend wirkt.

Maximiliane ist über ihre Kinder in der Szene bekannt, sie findet einen Weg durch die Zuschauer, jeder macht bereitwillig Platz. Wer sie kennt grüßt mit einem „Hi Maxi" und hebt kurz die Hand.

Sie ist Maxi, die Rechtsanwältin und, wie jeder hier, ein Teil der Gemeinschaft und gern gesehen.

Sie erobert sich ein freies Fleckchen an der Bühne, neben den tanzenden Kindern und begutachtet die Musiker. Es sind Freunde ihrer Kinder, sie will die Truppe engagieren und sich ein Bild von dem Sound machen, den sie produzieren.

Die Mitzuhörer bemerken, sie hat nichts zu trinken und weisen ihr den Weg zu den Getränken.

„Diese Türe hinaus, links den Gang entlang, ganz vorne rechts stehen die Kisten mit Wasser, Bier und Limo!"

Maximiliane nutzt die Gelegenheit, das Haus zu besichtigen, ein Erlebnis der anderen Art, aber durchaus interessant. Es gibt mehrere Räume, mit Sofas bestückt und mit buntem Licht gemütlich gemacht. Sperrmüll, geschickt umgenutzt, erfüllt auch hier völlig ausreichend seinen Zweck. Ganz hinten findet Maxi auch die Getränkekisten. Sie sucht sich ein Wasser mit Kohlensäure aus, ein Zettel verweist auf den Preis, ohne Alkohol ein Euro, mit Alkohol zwei Euro.

Eine simple Schüssel steht für die Bezahlung und Wechsel-möglichkeit bereit.

Ein alter Mann, der hier Zuflucht gefunden hat und auch dazu-gehört, öffnet ihr die Flasche mit seinem Feuerzeug. Es ist für alles gesorgt, sie nimmt wieder ihren Platz vor der Bühne ein. Draußen breitet sich schon das Corona Virus aus. Man wähnt sich sicher, wäscht sich laufend die Hände und achtet darauf, nicht angehustet zu werden.

Eigentlich ist es noch weit weg, in China und soll sich schon in Deutschland gezeigt haben.

Vom Mühlhiasl haben sie hier noch nichts gehört. Keiner glaubt an Prophezeiungen.

Auch zu Lebzeiten des Mühlhiasl glaubte ihm niemand, darum beendete er jede Vorhersehung mit den Worten:

„Kein Mensch will's glauben."

Er hat nichts aufgeschrieben, doch die Überlieferungen sind erhalten geblieben. Wer sich damit befasst, dem läuft ein Schauder über den Rücken.

„Wenn der Wald so licht wird wie des Bettelmanns Rock."
„Wenn man Sommer und Winter nicht mehr unterscheiden kann."
„Wenn einerlei Geld aufkommt."
„Wenn d' Leut in der Luft fliegen können, wenn die meisten Leut mit zweiradeligen Karren fahren - dann steht's nimmer lang an."
„Wenn man Mandl und Weibl nimmer auseinanderkennt"
„Wenn sich die Bauernleut gewanden wie die Städtischen, und die Städtischen wie die Narren."
„Dann kommt das große Bänkeabräumen."

Maxi ist selbständige Anwältin und mit einem Kollegen in einer

Mühle in Apoig (Hunderdorf)

Praxis-Sozietät tätig. Sie findet es angenehm, sich austauschen zu können und praktisch, sich das Personal zu teilen.

Die Vorteile wären soweit nachvollziehbar, doch real erscheint manches in anderem Licht.

Sie ist die Kreative und plant ein Event in den Kanzleiräumen. Einmal im Jahr gibt es einen gesellschaftlichen Höhepunkt, eine Einladung mit Mandanten und Freunden. Die Kontakte müssen gepflegt und die Werbetrommel gerührt werden.

Diesmal soll es eine Ausstellung von Werken einer befreundeten Künstlerin sein, kombiniert mit einer kurzen Lesung einer Autorin, untermalt von den Klängen der Band, die Maxi im alternativen Haus begutachtet hat.

Das Catering käme vom bewährten Betrieb, der Besitzer ist ebenfalls ein Mandant.

Alles gut, passend arrangiert und perfekt geplant, bis das Corona Virus hereinplatzt. Schnell zeichnet sich ab, der Termin muss verschoben werden. Die Frage ist nur, wohin?

Die Kanzlei ist in einem mächtigen Gebäude, die Räume sind großzügig geschnitten, die Decken und Fenster höher als in modernen Wohnungen.

Wer aus dem breiten hölzernen Treppenhaus die Kanzlei betritt, steht in der großzügigen Diele, von der aus geht es in die Kaffeküche, ins Sekretariat und in die Gruppenbesprechungsräume. Ein breiter Flur führt weiter zu den Räumen der Anwälte, die für Eventbesucher tabu sind.

Durch die hohen Fenster fällt der Blick in einen Park. Die riesengroßen Bäume beruhigen in jeder Jahreszeit die Gemüter. Gerne hält man inne, um diese Wohltat zu genießen.

Der große Besprechungsraum ist nicht zufällig an der Parkseite eingerichtet. Eine lange Front mit vier hohen Fenstern saugt den Blick in die Kronen der Riesenbäume, die ganz umsonst die Seele streicheln. Anwälte und Mandanten werden jedes Mal belohnt, wenn sie diesen Raum betreten. Immerhin ein positiver Einstieg in sehr ernste Gespräche.

Alles in der Kanzlei ist bewusst gestaltet und ausgewählt. Maxi hat diese Gabe des Arrangierens, sie setzt sie gerne und kostenlos ein. Sie hat viele kreative Seiten, die von ihrem Geschäftspartner durchaus geschätzt werden.

Man ergänzt sich so gut wie möglich, auch wenn es zu unüberwindbaren Verwerfungen führt.

Maximiliane agiert in ihren anwaltlichen Aktivitäten auch nach dem Prinzip der Perfektion, die allerdings darin beruht, jeden Fall zur größtmöglichen Zufriedenheit der Beteiligten zu lösen. Das bedeutet perfekt im Sinne des Mandanten und heißt auch nicht selten, keine Klage zu erheben, brauchbare Vergleiche zu schließen, oder für den Klienten, persönliche Nachteile zu akzeptieren.

Das heißt aber auch, auf mögliche Honorare zu verzichten.

Für Maxi eine Selbstverständlichkeit, ja sogar der unverzichtbare Schlüssel für Zufriedenheit und Wohlbefinden. Sie verdient genug und kann sich leisten, ihren Stil im Umgang mit den Klienten fair zu gestalten.

Der Blick in die Baumkronen bestätigt ihr täglich, dass sie es richtig macht. Ihre Devise lautet, leben und leben lassen! Ihr Kanzlei-Partner erntet allerdings mehr Honorare unter dem Strich, was zu Spannungen führt.

Die Vereinbarung, Einnahmen und Ausgaben zu teilen, ist die Wurzel des Übels. Ihre Zusammenarbeit bringt allerdings Vorteile, die schwer wiegen. Die Klientenfreundlichkeit von Maxi ist eine gute Referenz, die viele neue Kunden bringt. Während der bedingungslose Kampfwille ihres Kollegen für Aufsehen in der Öffentlichkeit sorgt. Durchsetzungswille und Kundenfreundlichkeit sind eine gute Mischung. Die Kanzlei steht in der öffentlichen Wahrnehmung gut da.

Eine Tatsache, die Maxis Partner immer wieder nachsichtig und gnädig stimmt, ihr aber des öfteren ein Dorn im Auge ist.

Es mangelt ihr nicht an Selbstbewusstsein, die Abhängigkeit von seiner Gnade stört Maxi mehr und mehr.

Ihr Partner, Rüdiger Heerfurth, ist ein exzellenter Anwalt. Ein Einser-Absolvent des Staatsexamens, in jeder Hinsicht ein Gewinner, aber leider auch extrem geldgierig. Zu seiner Erfolgsstrategie gehört auch das Erzielen von Spitzenumsätzen. Jede Klage bringt Honorar, ob gewonnen oder verloren.

Es ist übrigens ganz einfach, man gebe sich vor dem Mandanten kompetent und durchsetzungsstark. Man zeigt für ihn vollstes Verständnis und gibt ihm das Gefühl, Recht zu haben und ihm dabei behilflich zu sein, Recht zu bekommen. Schon wird eine Klage gestrickt und eingereicht.

Verspricht ein Fall, öffentlichkeitsrelevant zu sein, wird er besonders sorgfältig aufgeblasen.

Wie durch Zauberei entsteht über die Presse die Erkenntnis: „Schon wieder die Kanzlei Heerfurth/Wunder, die Erfolgskanzlei, sie werden gewinnen."

Natürlich besitzt Rüdiger einen untrüglichen Sensor für Fälle, die leicht gewonnen werden können. So positioniert er sich in der Öffentlichkeit immer erfolgreich.

Sagt ihm sein Gespür, die Sache ist weniger rühmlich, hält er den Fall eher klein, kassiert aber genauso das Honorar.

Dieser Erfolgstripp des Rüdiger Heerfurth gehört zu seinem Kampf in der ersten Reihe. Ein Spiel von Advokaten, das nicht von allen beherrscht wird. Allerdings auch nicht von allen gespielt werden will.

Maximiliane hat sich auf die zunächst vielversprechende Partnerschaft eingelassen. Sie bereut es nicht wirklich, hat jedoch oft ein ungutes Gefühl. Es ist nicht alles stimmig in ihrem Berufsleben.

Das Kanzleifest käme genau richtig, um die Atmosphäre zu entspannen. Namhafte Kollegen aus der Szene kommen gerne, man zeigt sich, wenn man dazugehört und nicht zuletzt lernt man auch geldige Mandanten kennen. Ein Umstand, der von Rüdiger kritisch betrachtet wird, könnten doch Mandanten abgeworben werden. Doch er fügt sich bereitwillig, stärkt es doch sein Ansehen als wichtige Persönlichkeit.

Die Partnerschaft mit Rüdiger ist für Maxi eine Gratwanderung, die sie immer mehr in Frage stellt.

Darüber muss sie nicht entscheiden, sie lässt es laufen, so lange es für sie stimmig ist, eine Veränderung wäre allerdings denkbar. Rüdiger macht sich in dieser Hinsicht keine Gedanken. Jeder ist mit seinen Mandanten beschäftigt und froh, den Rücken frei zu haben.

Doch die heraufziehende Corona-Krise stoppt die gesellschaftlichen Aktivitäten komplett. Mit Mandanten trifft man sich zunächst noch in der Kanzlei, wenn auch ohne Handschlag und mit Sicherheitsabstand. Tag für Tag verschärft sich die Situation, man wird vorsichtiger, die Hilfesuchenden möchten nicht mehr persönlich vorstellig werden.

Ohne PC wäre man auf den Briefverkehr zurückgeworfen, aber auch mit Videokonferenzen, Email-Kontakt und Telefonaten verändert sich die Lage drastisch. Die Gerichte reduzieren ihre Verhandlungstermine, oder streichen unwichtige Streitsachen, um sie auf unbestimmte Zeit zu vertagen.

Der persönliche Kontakt der Kanzleimitarbeiter wird auf das Nötigste reduziert. Die Angestellten gehen in Teilzeit, man richtet es sich so ein, dass immer nur eine Mitarbeiterin für Büroaufgaben in den Räumen anwesend ist.

Rüdiger wäre nicht Rüdiger, hätte er nicht eine Idee, die sich anbahnende Pandemie zu seinem Vorteil zu nutzen. Er ist stolzer Besitzer eines Zweitwohnsitzes auf Barbados. Für ein ganzes Anwesen am Strand hat es nicht gereicht, aber ein Appartement in einer noblen Wohnanlage ist sein Eigen. Dank guter Kontakte und der Ortszugehörigkeit auf Barbados, gelingt es ihm, einen der letzten Flüge zu ergattern. Seine Familie wird einige Tage später nachkommen. Mit seiner Frau und den drei Kindern wird er die Krisenzeit nun elegant in der Karibik aussitzen. Ein cleverer Schachzug, denkt Rüdiger zumindest, die Lage würde sich in einigen Tagen entspannen.

Ohne Vorplanung geht so eine Auszeit natürlich nicht für einen Erfolgsanwalt. Rüdiger Heerfurth hatte zunächst nur einen zweiwöchigen Osterurlaub auf Barbados geplant.

Einige Termine konnte er auf Maxi abwälzen, oder einfach verschieben, schon öffnete sich ein Zeitfenster für eine dritte Woche.

Er schickt eine Sprachnachricht vom Strand aus:
„Bin dann mal weg! Man gebe mir Bescheid, wenn alles wieder normal läuft!"
Ein Foto mit Jetboot hängt er an.
„Wer sollte da jetzt neidisch werden?", denkt sich Maxi und genießt die Ruhe in der Kanzlei. Nur eine Schreibkraft ist halbtags anwesend, um das verbliebene Geschäft am Laufen zu halten.
Die Corona-Krise rückt immer näher. Restaurants und Geschäfte müssen schließen. Das öffentliche Leben soll so weit wie möglich heruntergefahren werden.
Obwohl sich Maxi die Gedanken an das Kanzleifest längst abgeschminkt hat, sollen nun alle Treffen mit Freunden ausfallen. Das hat schon eine andere Qualität, man muss erfinderisch werden. Digitale Medien überbrücken den ersten Schock, man bleibt per Whats-App in Kontakt.
Minütlich treffen Ratschläge, Witze, Videos zur Lage und Fake News ein. Maxi hat einen Hupton gewählt, der anzeigt, wenn eine Whats-App-Nachricht eintrifft. Sie lässt es hupen. Gelegentlich sichtet sie die Nachrichten, die Situation stimmt sanftmütig. Sie entwickelt Verständnis für die verunsicherten Freunde, die alles weiterleiten, was sie bekommen können.
Unter den digitalen Freundschaften macht sich Unruhe breit. Man sucht die Gemeinschaft.
Maxi reiht sich ein in den Post-Reigen, sie leitet interessante Nachrichten auch weiter. Die Situation hat sich verändert, eine neue Zeit scheint angebrochen.
Sie arbeitet an kniffeligen Fällen, eine Sorgerechtsklage und einen Scheidungsfall. Beides braucht Zeit und Umsicht, die Situation ist günstig, Maxi sieht hier einen Vorteil für ihre Arbeit. An die finanziellen Folgen denkt sie vorerst nicht.

Doch die Gerichte am Ort stellen ihre Arbeit total ein, der Schleier des Stillstands legt sich über alles zwischenmenschliche Leben, lediglich die Whats-App-Hupe ist eifrig am Werkeln.

Die Menschen sind verunsichert. Die Nachrichten überschlagen sich stündlich. Es werden die Zahlen von Infizierten, ja sogar der Toten gemeldet. Diese Krankheit überzieht den ganzen Planeten. Maximiliane erkennt, daß sie eine globale Katastrophe erlebt. Sie muss sich mit dieser Tatsache arrangieren. Das Heil erkennt sie in der Selbstisolation, was ihr als Anwältin ganz gut gelingt. Sie ist digital perfekt vernetzt, macht sich alleine in der Kanzlei an die Arbeit und beginnt mit Telefonaten.

Die Mandantin mit dem Sorgerechtsproblem sieht die Dinge nun ganz anders, sie bekommt Angst vor der Zukunft und möchte die Klage gerne aufschieben.

Nichts ist mehr wie früher, das Virus zwingt zum Innehalten und Nachdenken.

Flexibel, wie sie ist, stellt Maxi die Anrufe in ihre Wohnung durch. Die Anwesenheit in den Kanzleiräumen ist nicht notwendig. Sie verabschiedet sich von den Parkbäumen, die sich für den Frühlingsaustrieb vorbereiten und ihre Knospen anschwellen lassen. Eigentlich ein beruhigend zuversichtliches Bild, denkt Maxi und schließt die Räume ab. Den Angestellten hat sie frei gegeben.

Es gilt, sich Gedanken über Vorräte und Einkäufe zu machen, um die nächsten Tage, ja vielleicht Wochen wenig unterwegs zu sein. Sie ist daheim in einem gemütlichen Häuschen mit eingewachsenem Naturgarten. Von ihrem Schreibtisch aus sieht sie ins Grüne, sie macht die Türen zum Garten auf und hört die Vögel singen, viel klarer als sonst. Die Nebengeräusche sind verstummt, die Zufahrtsstraße ist menschen- und autoleer. Der Himmel ist blauer, die Kondensstreifen fehlen, die Luft scheint sauberer. Maxi spürt ein Glücksgefühl in sich aufsteigen und überlegt, wie sie es in Einklang bringen kann mit der Ernsthaftigkeit der Situation.

Sie fährt ihren PC hoch und gibt - Corona auf Barbados - in die Suchmaschine ein. Es interessiert sie doch, wie vorteilhaft Rüdigers Flucht wirklich ist.

Die Auskunft ist spärlich, sie erfährt von Ausgangsbeschränkungen und 310 gemeldeten Infizierten. Es könnte somit sein, dass Strandtage für ihren Kanzleipartner gestrichen sind. Er lässt ohnehin nichts mehr hören. Das sollte nicht ihre Sorge sein.

Viele Mandanten haben einen Beratungsbedarf, in Bezug auf Überbrückungsgelder, die sie vom Staat beantragen können. Maxi erarbeitet ein Rundmail mit den häufigsten Informationen und hilft, wo sie nur kann.

Die Corona-Krise entwickelt sich zu einer Katastrophe. Sie muss den Lauf der Dinge abwarten, ihre eigenen Anträge auf Kurzarbeitergeld für ihre Angestellten einreichen und zuhause bleiben.

Ihre treue Zugehfrau bleibt auch lieber daheim, Maxi macht sich an die Hausarbeit. Längst notwendige Stöberarbeiten bieten sich an. Sie lässt sich gerne ablenken und schmökert in Büchern, die sie beim Abstauben wiederentdeckt. So verfliegen die Stunden, sie ist recht zufrieden mit der veränderten Zeiteinteilung. Zunächst jedenfalls, über die wirtschaftlichen Folgen macht sie sich immer noch keine Sorgen, obwohl ihr bewusst ist, was da auf sie zukommt. Aber vielleicht wird es noch viel schlimmer!

Sie kann gar nichts dagegen tun und kommt über die Schublade mit den Fotoalben, welche sie seit vielen Jahren nicht mehr in der Hand hatte. Das Wetter ist traumhaft schön, die Terrasse lädt zum Genießen ein. Maxi macht sich einen Kaffee und vertieft sich in die Bilder aus ihrer Kindheit.

Alte Mühle Hunderdorf, Heimat des Mülhlhiasl

Im Wald daheim

Eigentlich hatte sie eine bescheidene Kindheit. Sie hat es so in Erinnerung, das Leben auf einem kleinen Bauernhof bei Falkenstein. Man taufte sie Maximiliane, weil ihrer Mama der Spitzname Maxi so gefiel. Der Familienname Wunder verlangte nach einem längeren Vornamen, so konnte man zwei Fliegen mit einer Klappe schlagen. Der Schreibname Maximiliane mit dem Spitznamen Maxi erschienen perfekt.

Der Hof war weithin bekannt, unter dem Namen Wunder-Hof, was ja leicht zu merken war. Allerdings kannte man sich in dieser abgelegenen Gegend ohnehin in weitem Umkreis, denn es gab keine besonderen Attraktionen und die Buschtrommeln innerhalb der Bevölkerung funktionierten vorbildlich. Sämtliche Ereignisse, ob traurig oder erfreulich, machten die Runde, lange bevor es in der Presse stand. Auch was nicht in die Zeitung kam, wurde akribisch aufgegriffen und meißelte sich ins Gehirn der Landkreisbewohner.

Ja, jeder fühlte sich kompetent und war somit ein Teil des Universums, das sich „Wald" nannte. Eigentlich war es der Vorwald, aber das spielte keine Rolle, jedes Dorf besaß sein Wirtshaus und sein Gemeinschaftsgefühl. Jeder Wirtshausbesucher kannte Bewohner der Nachbargemeinden und spielte in der gleichen Liga. Dieses Geflecht überzog die gesamte Gegend, ähnlich wie ein Pilzgeflecht den Wald. Überall wachsen sie heraus, die Schwammerl, obwohl sie niemand gesät hat.

Kurz gesagt, die Korrespondenz der Landbevölkerung war ein einziger Ratsch und Tratsch. Darum war man sehr bedacht, nicht negativ ins Gerede zu kommen. Die Familien gaben sich gottesfürchtig und fleißig. So machte der Wirt keinen Urlaub, damit ihm nicht nachgesagt werden konnte, er hätte zu viele Einnahmen und es nicht mehr nötig zu arbeiten. So war es, auch wenn man es nicht glauben will.

Alle Männer zeigten sich am Abend im Wirtshaus, für Frauen ein strenges Tabu, zwar unausgesprochen, aber Gesetz. So liefen alle Informationen über die Herrn der Schöpfung zusammen und konnten unter Beweis ihrer Wichtigkeit privilegiert in der Familie berichtet werden.

Das stärkte die Vormachtstellung der Männer, obwohl die Frauen das eigentliche Pilzgeflecht darstellten und die Weiterverbreitung des Ratsches perfektionierten. So wusste es noch am Abend jeder, auch wenn er nicht das Wirtshaus besuchte.

Dennoch wurde das Dogma aufrechterhalten, dass Frauen nicht am Abend ins Wirtshaus gehen, weil sie züchtig und zurückhaltend zu scheinen hatten. Dafür traf man sich eifrig in der Kirche, was wieder den Einfluss des Pfarrers stärkte, eine optimale heile Welt konnte somit stets gewahrt werden.

Die Erinnerung an diese erlebten Umstände ließen Maxi schmunzeln, aus der Entfernung betrachtet zeigte sich diese Gesellschaft zutiefst spießig und kleinkariert. Keiner konnte den Zwängen entfliehen, ein jeder war Teil des Ganzen.

Wer dort wohnt, ist immer noch dabei in der Gemeinschaftssuppe, doch kann er heutzutage leichter entfliehen. Das Wirtshaussterben hat seinen Teil dazu beigetragen, die Zeiten haben sich etwas geändert. Es wird alles nicht mehr so heiß gegessen, wie es gekocht wird. Das Leben im Vorwald ist unkomplizierter geworden.

Zurück geblieben ist eine eigentümliche Besonderheit der Menschen in Beziehung untereinander und zur Natur. Sie leben durchaus im Bewusstsein der Jahreszeiten, obwohl nur noch wenige in der Landwirtschaft arbeiten.

Die Kirche hat ihre wichtige Funktion aufrechterhalten, die Bräuche sind immer noch an Fest-, Gedenk-, und Feiertage geknüpft. Der Jahresablauf ist getaktet durch Prozessionen, feierliche Messen, hl. Kommunion und Firmung, Blasiussegen, Christmette, Hochzeiten und Trauerfeiern usw.

Der Rhythmus des Kirchenjahres bestimmt immer noch das Leben im Vorwald.

Neu hinzugezogene Menschen verwässern allerdings mehr und mehr den Einfluss des Pfarrers auf das tägliche Leben.

Die Digitalisierung und die individuelle Bewegungsfreiheit machen es möglich, in ländlichen Bereichen zu wohnen, ohne wirklich dazuzugehören.

Aufgewachsen in dem Pilzgeflecht der Landbevölkerung hat sich in Maximiliane ein Feingefühl für menschliches Zusammenleben bewahrt. Ein Bewusstsein, ein Teil einer Gruppe zu sein, die regen Anteil aneinander nimmt, aber doch nicht wirklich zusammengehört.

Die Beobachtungsgabe, Entwicklungen vorherzusehen und Schicksale zu ahnen, ist eine Folge des Pilzgefelchts-Daseins.

Ratschereien haben immer eine Grundwahrheit in sich, sie sind selten aus der Luft gegriffen. Auch wenn sie überzogen wirken, stellt sich im Nachhinein heraus, dass Schicksale sich anbahnen und die Folgen eintreten.

„Das habe ich damals schon gesagt", „es war doch abzusehen", sind beliebte Aussagen von Maxis Mama.

Diese Reden der Mutter waren Maxi immer ein Dorn im Auge. Sie tat es ab mit:

„Mei Mama!"

Was hieß, die Mama solle ruhig sein und das Dorfgetratsche für sich behalten. Man mischt sich nicht ein, in das Leben anderer. Doch im Nachhinein wurde es ihr klar, die Mutter hat vieles vorausgesehen. Ihre Menschenkenntnis hat sie oft richtig handeln lassen. Es ist nicht unwichtig, wie man sich positioniert in der Vorwaldgemeinschaft. Automatisch gehört man dann zu einer Interessengruppe und wird von der Nachbarschaft geschätzt oder gemieden. Es sind ungeschriebene Gesetze, mehr so ein Gefühl, dem man sich unterwirft.

Wer sich nicht darum kümmert, ist klar im Vorteil und wird dafür wieder mehr geachtet, da man über der Sache zu stehen scheint.

Die Kunst ist, das auch nicht zu bemerken und schon hat der Spuk ein Ende.

Wer ganz raffiniert ist, kennt die Gesetze der Einheimischen, macht aber konsequent sein eigenes Ding und positioniert sich als souveräner Mensch.

Es scheint somit ganz einfach, sich im Pilzgeflecht zu behaupten, das setzt allerdings voraus, seine Existenz zu kennen. Nur der Wissende ist in der Lage, die Dinge stressfrei einzuordnen.

Das Schwelgen in Erinnerungen zaubert Maxi ein Lächeln ins Gesicht. Ihre Erfahrungen helfen ihr, Menschen und ihre Reaktionen einzuschätzen. Oft muss sie dabei an ihre Mama denken, die es ihr gezeigt und dafür Undank geerntet hat. Maxi hat ihrer Mutter Unrecht getan und leistet ihr insgeheim Abbitte. Als Kind konnte sie es nicht beurteilen, die Wichtigkeit eines gültigen Fahrplans in der Vorwaldgemeinschaft.

Dieses Wissen ist ein Teil von ihr geworden. Sie denkt gerne zurück, mit Abstand betrachtet, ist es eine liebenswerte Art der Menschen miteinander umzugehen. Es ist ein eigener Kosmos, der Sicherheit vermittelt, ein Gefühl der Zugehörigkeit.

Das Zusammensitzen in der Stube hat auch heute noch große Bedeutung, der Wert der Großfamilie wird erkannt. Mehr Generationen wohnen in einer Hofgemeinschaft, darum können immer noch Tiere versorgt werden. Für Hühner, Enten oder einige Schweine reicht es allemal. Die Großeltern sind unverzichtbar, vor allem für die Enkelkinder.

Ein Leben mit Natur und Tieren erscheint vielen Eltern erstrebenswert, vor allem für das Aufwachsen der eigenen Kinder.

Die Anwesenheit von Großeltern, Tanten und Onkeln mag zwar Nachteile mit sich bringen, wird aber mehr und mehr interessant für moderne Eltern.

Immer wieder muss Maxi schmunzeln, je tiefer sie sich hineindenkt in die Welt ihrer Kindheit.

Ist sie doch der Realität viel näher, als die moderne Lebensweise in der Stadt.

Je länger sie stöbert, umso deutlicher macht sich Hunger bemerkbar.

Beim Betrachten eines Bildes aus Omas Küche bekommt sie Appetit auf frische Küchel. Küchelbacken gehört dazu zum Leben auf dem Land im Bayerischen Vorwald.

Das Bild zeigt die Wohnstube, die zugleich auch Küche war. Der große eiserne Küchenherd diente zum Kochen und wärmte gleichzeitig den Wohnraum, eine Selbstverständlichkeit in der waldreichen Gegend. Jede Familie hatte genug Holz gelagert, um jahrelang heizen zu können. Wer keinen eigenen Wald hatte, der besorgte sich Holz von Nachbarn oder Verwandten, das Hacken und Aufschlichten gehörte zum Alltag und wurde vom Opa oder Onkel erledigt.

Dafür beherrschte die Großmutter das Küchelbacken perfekt. Maxi erinnerte sich noch gut:

„Heid wern Kaichl bacha",

hieß es lapidar, jeder wusste was Sache ist. Die Küche gehörte den Kücheln. Die Zutaten wurden bereitgestellt, das waren große Schüsseln, lange Bretter und eine gut gewärmte Stube.

Wegen des großen Aufwandes buk man gleich eine große Menge der begehrten Teigwaren.

Die Türen mussten geschlossen bleiben, damit keine Zugluft den Teig beim Gehen stört. In mehreren Schüsseln wurde der Hefeteig unter großem Einsatz geschlagen. Es gab drei Durchgänge mit abwechselndem -"gehen lassen"- und -"schlagen".

Die Prozedur schien den Kindern zu langweilig, darum liefen sie öfter durch die Wohnstube, um den Fortgang der Arbeit zu begutachten und zu fragen:

„Wann sans ferte de Kaichl?"

Doch die Frauen schimpften immer nur:

„Dia zua, des zaigt, da Doag foit zam!"

Besonders ernst wurde es, wenn der Teig in den Schüsseln fertig gegangen war und die Küchel ausgezogen wurden. Wie Kunstwerke legte man sie auf lange bemehlte Bretter, die quer durch die Küche über Stühle und Tisch gelegt waren, um die Backwerke noch einmal gehen zu lassen. Das war die kritische Phase der Backerei, denn jetzt war jeder Luftzug zu vermeiden.

Andächtig bewachten die Frauen die Prozedur. Es buken immer mehrere Frauen gemeinsam, die Leckerei wurde gerecht geteilt, je nach Mehlmenge, die jede Frau mitbrachte. Man rechnete in Kilogramm, ein Kilogramm ergab eine bestimmte Menge Küchel. So setzte jede Nachbarin ihre eigene Menge Teig an, von einem Kilogramm bis zu drei Kilogramm. Entscheidend war die Gewohnheit, ob man für sich, für die eigene Großfamilie, oder für die ganze Verwandtschaft backen wollte.

Die Möglichkeit, die Küchel einzufrieren, steigerte die Produktion noch mehr. Küchel konnten für das ganze Jahr gebacken werden. Die Mehlmengen wurden immer größer, manche Bäuerin setzte gleich mehrere Teiglein an, damit sie leichter zum Durchschlagen waren. Sie mischten zweimal zwei Kilogramm, oder gar dreimal zwei Kilogramm an.

Eine lange Reihe von Schüsseln belagerte die gesamte warme Wohnstube. Es dauerte Stunden, bis sie immer wieder durchgeschlagen waren und der Teig die richtige Garstufe im Aufgehen erreicht hatte. Die Frauen trafen nicht alle gleichzeitig ein, auch das war gut durchgeplant. Das Ausbacken zog sich hin, die ersten Küchel konnten stolz präsentiert werden, als die letzten ausgezogen wurden, zum Ruhen auf den langen Brettern.

Es gab mindestens zwei Ausbacktöpfe mit Butterschmalz, eine Frau reichte den Küchel und ließ ihn ins Fett gleiten, die andere beobachtete den Vorgang und wendete rechtzeitig. Es war die verantwortungsvollste Arbeit, die Beobachtung des Backvorgangs. Der Bräunungsgrad musste stimmen und die Küchel im Fett immer begossen werden, damit auch die Mitte, die sich aufwölbte, die richtige Beschaffenheit bekam.

Die Bäckerinnen am Ofen mit dem heißen Fett kamen schnell ins Schwitzen und waren für eine Ablösung dankbar.

So durfte jede ihre Kaichl selber ausbacken und war glücklich mit dem leckeren Produkt.

Noch warm schmeckten die Küchel am besten, Maxi lief bei dem Gedanken das Wasser im Mund zusammen.

Obwohl immer gewarnt wurde:

„Essts ned zvui, da kriegt ma Bauchweh",

verdrückte jedes Kind sofort einige Küchel. Kinder schienen das warme Hefegebäck viel leichter zu vertragen als die Erwachsenen, die sich erst einmal zurückhielten.

Maxi kommt in Zugzwang, sie hat Hunger und große Lust auf frische Küchel, darum fasst sie den Beschluss, selbst Küchel zu backen.

Warum nicht, sie hat jede Menge Zeit, ihre anwaltlichen Aktivitäten sind beinahe ganz zum Erliegen gekommenn. Wegen der Corona-Pandemie wurde eine Ausgangsbeschränkung angeordnet. Alle Bürger sollen nur noch mit wichtigen Gründen das Haus verlassen. Dazu gehört zum Glück auch das Einkaufen.

Sie hätte es sich leicht machen und die Küchel einfach beim Bäcker kaufen können. Doch die aufgefrischte Erinnerung an die warmen „Kaichl" der Vorwaldbauern zwangen Maxi zur Eigeninitiative. Sie läßt die Bäckerei links liegen und sucht im Supermarkt nach den Zutaten.

Schnell erkennt sie, es gibt keine Hefe mehr, sie hat in der Zeitung von Hamsterkäufen gelesen. „Warum wollen jetzt plötzlich alle Hefe kaufen?", denkt sich Maxi. „Hat die Krankheit Lust auf frische Küchel erweckt?"

Schnell wendet sie sich der Trockenhefe im Päckchen zu und siehe da, sie bekommt ihre Hefe doch noch. Die nächste Panne passiert beim Toilettenpapier, auch hier ist keine einzige Rolle mehr zu finden.

Maxi hat sich nicht groß um die Corona-Krise gekümmert. Von Hamsterkäufen wurde abgeraten, sie hat es geglaubt und steht jetzt vor leeren Regalen. Allmählich dämmert ihr, wie ernst diese Pandemie wirklich zu nehmen ist. Sie hat sich verführen lassen und die Ruhe genossen. Sie beschließt, es weiterhin so zu halten und deckt sich nur mit frischen Sachen ein.

Voller Zuversicht setzt sie daheim ihren Hefeteig an und lässt ihn im leicht vorgewärmten Backrohr gehen. Es ist doch viel leichter, als zu Omas Zeiten, auf einen Versuch kommt es an. Zumindest freut sie sich auf ein Gelingen. Vorsorglich macht sie sich einen Salat mit Hühnchenfleisch für den ersten Hunger.

Das Frühlingswetter ist wunderschön, Maxi fühlt sich wie neu geboren, die Gedanken über die wirtschaftlichen Folgen belasten sie nicht. Ihr geht es supergut. Was soll schon passieren? Finanzielle Verluste machen ihr keine Angst. Als gute Anwältin braucht sie nichts befürchten. Mehrwöchige Durststrecken sitzt sie einfach aus.

An ihren Partner Rüdiger verschwendet sie keine Gedanken, schließlich ist er über jeden Zweifel erhaben, ein Macher, ein super Organisator, er wird das Schiff schon steuern. Sobald die Krise vorbei ist, wird er anpacken und alles aufholen, was liegengeblieben ist. Die Gerichte werden im Schnelldurchlauf urteilen, die Normalität wird sie blitzschnell einholen.

Aber jetzt herrscht eine wundersame Ruhe, es fühlt sich an, wie Urlaub von allem, die Zeit scheint stillzustehen. Maxi spürt eine kreative Welle in ihr anwachsen, auf der sie surfen will.

„Der Hefeteig!", schreckt sie auf. Er ist schon über die Schüssel hinausgestiegen und bahnt sich seinen Weg im Backrohr. Schnell holt sie den Teig heraus und lässt ihn von der Küchenmaschine noch einmal durchkneten und schwups fällt das Gebilde in sich zusammen. Nur die Reste im Backofen bleiben.

„Macht nichts!", denkt sie und beseitigt die Sauerei. Der Teig darf nun ein zweites Mal gehen.

Alles fühlt sich unwirklich an, sogar die Whats-App-Hupe verstummt. Ihre Freunde scheinen auch in eine Art Corona-Ruhe zu verfallen. Was sollen sie auch verschicken, lustige Videos zur Krise werden lästig, Verabredungen gibt es nicht mehr. Man wird sehen, was die Zukunft so bereithält.

Maxi nimmt wieder ihren Lieblingsplatz am Terassenfenster ein und widmet sich den vergilbten Bildern. Das Album über ihre Kindertage auf dem Land ist immer noch aufgeschlagen. Ihr Blick fällt auf ein Foto ihres Nachbarn, ein alter Mann mit lustigen Augen, der etwas klein geraten war. Er hielt sich immer im Hintergrund und war sehr still. Nur einmal hat sie ihn im Gedächtnis mit einer sehr irritierenden Reaktion.

Maxi lobte seine Frau, die Nachbarsbäuerin, als beste Küchelbäckerin auf der Welt. Da sprang ihr Ehemann, der kleine Nachbarsbauer, auf und feixte dazwischen:

„De hod ja in ihram ganzn Lem no nix anders bacha!"

Dieser Ausspruch gab Maxi schon damals sehr zu denken, es verschlug ihr die Sprache. Lange überlegte sie, wie die Worte zu deuten seien. Heißt es doch, im Vorwald werden ausschließlich Küchel gebacken. Aus dieser Tradition resultiert die unglaubliche Fertigkeit der Frauen. Von der Männerwelt wird sie dennoch kleingeredet.

„Etwas einseitig ist es schon", denkt sich Maxi, aber immerhin, Tradition ist Tradition.

Die Szene blieb ihr im Gedächtnis, beleuchtet sie doch die Vorwaldwelt aufschlussreich.

Ein weiteres Mal überraschte sie der kleine, stille Nachbarsbauer. Als er zu einem Ehrentag eine Ansprache hielt, erzählte er von seiner Zeit als Soldat im Krieg.

Plötzlich wurde das Männlein größer und selbstbewusster. Mit schwellender Brust erhob er seine Stimme und erzählte von seinem Kriegseinsatz in Russland. Wie ausgewechselt stand er vor der Gemeinde, unglaublich wichtig und stolz.

Es war vermutlich der einzige Auslandsaufenthalt dieses Mannes und ein einschneidendes Erlebnis seiner Wichtigkeit für das Vaterland. Daran durfte nicht gezweifelt werden.

Dieser Auftritt blieb Maxi besonders in Erinnerung. Sie denkt viel darüber nach und sie findet Erklärungen für eine glorifizierende Sicht der Landbevölkerung auf diese schreckliche Zeit. Nie könnte dieser Mann ein Unrecht in seinem Einsatz im Krieg für die Heimat sehen. Diese Einstellung erklärt auch die Ehrentafeln für die „Gefallenen Helden" im Krieg. Zumindest in ihrer Kindheit hing in jedem Wirtshaus so eine Gedenktafel mit Bildern und Namen der im Krieg gebliebenen Soldaten aus der Gemeinde.

Viele Details geben ein Bild dieser Menschen, die nur wenige Kilometer von der Großstadt entfernt wohnen und doch einen eigenen Kosmos bilden.

Sie ordnet das Erlebte gerne ein, das hat Maxi von ihrer Mama gelernt und blättert weiter in den Alben.

Ihr Aufwachsen auf dem Land hat ihr große Freiheiten beschert, allerdings im strengen Rahmen des „Pilzgeflechts". Ihre Spielkameraden im Dorf wurden von den Erwachsenen durchaus in Kategorien eingeteilt. Es gab die wilden Kinder, die schüchternen, die gescheiten, oder die schlechten in der Schule. Das gesamte Privatleben wurde auch auf die Kinder projeziert. Dazu gehörte der Lebenswandel der Eltern, die Armut oder der Reichtum der Familie, alles, einfach alles floss in die Beurteilung eines Kindes ein.

Diese Sichtweisen blieben auch den Kindern nicht verborgen, sie begegneten sich unter diesen Beurteilungen nicht ganz unvoreingenommen. Mit wenigen konnte Maxi eine echte Freundschaft aufbauen, es waren immer die Frechen, die in der Schule oft nicht so erfolgreichen Kinder, mit denen sie sich umgab. Das brachte ihr die Kritik der Mutter ein, weil sie immer mit den „falschen Kindern" spiele.

Maxi lernte dazu und konnte bald hinter die Fassaden schauen. Gerade die unangepassten Kinder machten ihren Weg aus der Enge der Gemeinde hinein in die Welt der unbegrenzten Möglichkeiten.

Wer über den Tellerrand schauen konnte, war im Vorteil, stand aber auch schnell in der Kritik der „Einheimischen", die ihren Blick stets nach innen richteten.

Das bescheidene Leben auf einem kleinen Anwesen auf dem Land konnte durchaus als hart bezeichnet werden. Sind doch täglich die Tiere zu versorgen, die Kinder zu erziehen, das Essen zu kochen, Haus und Hof in Ordnung zu halten. Nicht zuletzt die Feldarbeit, welche die oberste Priorität hatte, denn daraus zog man die wichtigsten Einnahmen. Eine gute Ernte war das größte Glück des Jahres.

Es versteht sich heute noch wie von selbst, dass Urlaubsreisen nicht einmal angedacht wurden. Aushilfen oder Angestellte konnte man sich nicht leisten, die Ausgaben würden den kargen Gewinn aufzehren.

Darum werden immer mehr kleine Landwirtschaften aufgelöst, die Bauersleute suchen sich eine Arbeit in nahe gelegenen Firmen, wie Autofabriken, Bauunternehmen oder Handwerksbetrieben. Hier bekommt man seinen festen Lohn, einen gesicherten Feierabend und Urlaub. Nur die Ehefrauen halten oft die Stellung auf dem Resthof, versorgen die Kinder, die wenigen Tiere, den Gemüsegarten und halten Haus und Hof in Ordnung.

Die Vorteile liegen auf der Hand, der eigene Hof und Besitz, die wunderbare Umgebung, das Eingebundensein in eine Dorfgemeinschaft. Das hat schon was, sinniert Maxi und vergleicht das Landleben mit ihrer Situation in der Stadt.

So verbringt sie den ganzen Tag mit Nachdenken und Küchelbacken. Das Ergebnis ihrer Backerei ist nicht so ganz zufriedenstellend, sie hat das frische Hefegebäck doch anders in Erinnerung. Vermutlich muss sie weitere Versuche unternehmen, um den Original-Kücheln näher zu kommen. Es ist eben doch eine große Kunst. Sie macht sich einen Tee zum Gebäck und genießt den wunderschönen Frühlingstag.

Es gibt weitere Alben im Andenkenschrank, dazwischen findet sie eine schwarze Kerze. Andächtig holt sie die halb abgebrannte Kerze heraus, sie ist heilig, weil geweiht, darum kann sie den Stummel nicht wegwerfen.

Obwohl es Maxi nicht mehr so ernst nimmt mit Kirchenbräuchen, gebietet ihr die schwarze Kerze doch große Ehrfurcht. Sie hebt sie einfach auf, sie darf ihren Platz behaupten im Erinnerungsschrank.

Es handelt sich um eine Wetterkerze, die in der Familie sehr wichtig war. Vor allem die Mutter hielt sie in Ehren und immer in Bereitschaft.

Es gab häufig starke Gewitter, die gefürchtet wurden und Unheil brachten. Der Blitz konnte einschlagen, das Haus oder die Scheune in Brand stecken, ja sogar Menschen töten. Starke Unwetter mit Sturm und Hagel vernichteten die Ernte. Die Menschen konnten nur Schutz suchen und abwarten, bis das Wetter weiterzog.

Die Familie setzte sich bei geschlossenen Fensterläden in der Stube zusammen vor der brennenden schwarzen Kerze, die wie gesagt, geweiht war und Schutz bieten sollte. Das elektrische Licht wurde immer ausgeschaltet, es könnte den Blitz anziehen. Man betete das Vaterunser und zuckte bei jedem Donnerschlag zusammen.

Immer war es die Großmutter, die zum Gebet anstimmte und die schwarze Kerze anzündete. Die Zeit zwischen Blitz und Donnerschlag wurde abgezählt, je länger der Zwischenraum wurde, umso weiter entfernte sich das Unwetter.

„Jetzt ziagts weida", flüstere die Oma zwischen dem Gebet. Erleichtert konnten alle aufatmen, warteten aber noch ab, ob das Donnern wirklich leiser wurde, oder doch noch eine Gewitterfront nachzog.

Sobald sich das Grollen entfernte und der Sturm nachließ, begutachtete der Vater mögliche Verwüstungen. Noch im strömenden Regen umrundete er den Hof und sah nach den Tieren. Das elektrische Licht konnte eingeschaltet werden, Normalität machte sich wieder breit in der Wohnstube.

„Alles in Ordnung", berichtete der Vater meistens und schüttelte seinen nassen Hut aus. Maxi fühlte sich geborgen auf dem Wunder-Hof in ihrer Familie.

Ein Gefühl, das sie jetzt in der Stadt nicht mehr kennt, vielleicht auch nicht mehr braucht. Sie kommt ins Grübeln, sehnt sie sich insgeheim doch zurück in ihren „Vorwaldkokon"?

Seltsame Gefühlslagen bemächtigen sich ihrer, Maxi denkt mit gemischten Empfindungen an ihre Kindheit.

Die Natur war wunderschön, aber auch rau und hart. Zwischen ihrem Heimathof und dem nächsten Anwesen war ein kleines Wäldchen. Es bestand aus nur wenigen Bäumen, die dennoch

bedrohlich wirken konnten im Sturm und in der Finsternis der Nacht. Da ging man abends lieber ins Haus und suchte den Schutz der heimeligen Stube. Dort herrschte eine Atmosphäre, die sie nirgendwo sonst erlebt hatte.
Ein Gefühl des Beschützt- aber auch Ausgeliefertseins. Wirtschaftliche Not, kombiniert mit der Willkür der Witterung und dem Miterleben von Schicksalsschlägen auf den Nachbarshöfen bildeten einen Nährboden für demütiges Verhalten und Gottergebenheit.

In den dunklen Stuben der Waldlerhöfe breiteten sich gruselige Geschichten aus, Legenden und Sagen wurden gerne erzählt. Es gab lange keinen Fernseher, man war für jede Abwechslung dankbar. Abends schlug die Stunde der Alten, mit ihren Erzählungen fesselten sie die ganze Familie. Vor allem die Jugendlichen und Kinder hingen fasziniert an den Lippen der Großeltern.
Die Erwachsenen versetzten sich zurück in ihre Kindheit, längst verschüttete Erinnerungen konnten aufgefrischt werden. Fragen tauchten auf, ob früher alles besser war, zumindest durfte gezweifelt werden am Fortschrittsglauben der Jungen.
Die Sagengestalten von Hexen und Geistern genossen höchste Priorität, auch wenn es niemand so recht glauben wollte, das Interesse war gigantisch.
So erzählten die Alten von der Trud, die Tiere, aber auch Menschen quält. Unzählige Geschichten von Begebenheiten sollten den Grusel bestätigen und berechtigte Zweifel zerstören. Die Kinder lefzten nach mehr Geschichten, obwohl sie dann nicht mehr alleine in ihrer Kammer schlafen wollten.
Die Hintergründe über die Gestalten des Mehlweibls, der Habergeiß, der Nebelfrau oder des bluadigen Thammerls mussten genau erklärt werden. Besonders in den Rauhnächten, wenn die Tage am kürzesten waren und die Langeweile groß, hatten die Sagengestalten Hochkonjunktur.
Besonders der Onkel Franz trieb es auf die Spitze, wenn er behauptete:

„Wer nix glaubt, den holt der Deife zwiefach."
Es wurde Schindluder getrieben mit der Angst der Kinder, so mancher einfältige Erwachsene hatte seine Freude daran, bis die Mutter dazwischenfuhr und den Unsinn resolut beendete.

Die Kinder wurden auf den Boden der Realität zurückgeholt, sie konnten bald unterscheiden, wer ernst zu nehmen ist und wer Schabernack treibt. Sie konnten ein Stück Lebensweisheit mitnehmen. Es gibt einfältige, dumme und schadenfrohe Menschen. Auch das lernte man schnell in den dusteren Waidlerstuben.

Maxi muss wieder schmunzeln, ihre Kindheit auf dem ruhigen Bauernhof mit den lebensnahen Begegnungen und einfachen Menschen hat sie sehr positiv geprägt. Sie hat dort sozusagen Menschenkenntnis studiert, mit viel Zeit und der Möglichkeit des Erlebens und Reflektierens. Mit Hilfe der Mutter lernte sie das Beurteilen von Schein und Wirklichkeit, das bringt ihr große Vorteile im Leben. Als Rechtsanwältin ist sie sozusagen darauf angewiesen, Menschen lesen zu können.
Die große Kunst bei der Rechtsberatung ist oft die richtige Einschätzung der Beweggründe von Mandanten und deren Gegnern. Das Wichtige ist nicht nur die Rechtslage, das feine Erkunden der realen Umstände bringt ihr nicht selten den entscheidenden Vorteil.
Das lernt man nicht an der Universität, höchstens im Überdenken von spektakulären Fällen, die den Blick auf die Hintergründe und auf das Taktieren geschickter Advokaten lenken.
Das genaue Hinsehen macht es aus, vor allem im Vorfeld eines Rechtsstreits.
Der Beruf liegt ihr, sie hat Freude daran, ihren Mandanten weiterzuhelfen und schlau zu agieren.
Aber schon war sie wieder in ihrer Erinnerungswelt im Album.

Die Kindheit von Maximiliane verlief wohl geordnet. Der Alltag wurde bestimmt von den Notwendigkeiten der Arbeit auf dem Hof. Die Tiere forderten einen geregelten Ablauf ein, beim Melken, Füttern, Ausmisten. Die Feldarbeit musste mit dem Wetter in Einklang gebracht werden.

Alles lief logisch und nachvollziehbar ab und bestimmte sogar die Konversation der beteiligten Menschen untereinander.

Oberste Priorität hatte der Erfahrungsaustausch mit den Landwirten der Region. Wer hat was wann gesät, geerntet, gedüngt, wie hat es sich bewährt, warum ist etwas misslungen? Welches Feld steht besser da, wer hat die besten Kühe, wer macht die leckerste Wurst, wer liefert wohin, wer hat die erfolgreichsten Kinder, wer übernimmt den Hof, wer hat reich geheiratet, wer ist der Trunksucht verfallen, wer führt eine schlechte Ehe, wer sitzt immer im Wirtshaus, wer hat eine untreue Frau?

Ihr Lebensraum beschäftigte die Bevölkerung total. Unwillkürlich wurden alle Kinder Zeugen dieser Lebensverhältnisse, auch wenn es sie eigentlich nicht interessierte. Sie waren fester Bestandteil dieser Vorwaldgemeinschaft und setzten diese Weltanschauungsrituale auch in der Schule fort.

Jeder Mitschüler hatte seinen allseits bekannten Hintergrund. Ungünstige Lebensverhältnisse konnten einem Kind schweren Schaden zufügen, indem es ausgegrenzt und als minderwertig betrachtet wurde.

Das Schicksal lag schwer über der hügeligen Waldlandschaft.

Der beste Schulfreund von Maxi hieß Sebastian. Seine Mutter war Ärztin, geschieden und alleinerziehend. Noch dazu hatte sie einen Lebenspartner, der schwarz war. Ohne ihren angesehenen Beruf, hätte sie sich nicht behaupten können in der tugendhaften Dorfgemeinschaft.

Ihr Sohn Sebastian wurde Basti genannt und war ein guter Schüler. Maxi erkannte selbst, Basti kam aus einer bildungsnahen Schicht. Die anderen Kinder im Dorf konnten nicht mit ihm mithalten, zumindest in den schulischen Leistungen war er allen überlegen.

Sie hatte in Basti ein gutes Lernobjekt, was das Dorfgeratsche und die Wirklichkeit anbelangt. Sie erkannte, es macht Sinn, sich selbst ein Bild von den Menschen zu machen.

Als Kind teilte sie sich die Leute in gut und böse ein. Wer anderen Unrecht tat, den sortierte sie in die Gruppe der Bösen. Wirklich verstehen kann sie es erst heute, indem sie sich in die Menschen der Waldgemeinschaft hineinversetzt. Sie brütet weiter über den Fotoalben und vergisst die Zeit und auch die Krise.

Basti half gerne bei der Christbaumversteigerung im Wirtshaus mit. Maxi betrachtet ein Foto von ihm, auf dem er ein Paar dampfende Roßwürste, aufgespießt auf einer Gabel, in die Höhe hält. In der linken Hand die Gabel mit den Würsten, in der rechten Hand den Pappteller mit einer Semmel und dem Senf. So ging er durch die Reihen der Gäste und musste nicht lange warten, bis sich ein Hungriger die Portion ersteigerte.

Eine unglaubliche Szene, in einem zwar großen, aber niedrigen Raum mit Rauch und Bierdunst. Die schmiedeeisernen Lampen über den Tischen tauchten die überheizte Gaststube in ein schwach-schummriges Licht.

Die gesamte Dorfgemeinschaft fieberte beim Geschehen mit. Zumindest die Männer hatten ihren Bierdurst schon gelöscht, sie waren entsprechend fröhlich. Man ging hungrig zur Versteigerung, um dann Roßwürste, Emmentalerscheiben, oder Küchel zu essen. Der Erlös war ja für den guten Zweck, in der Regel für die freiwillige Feuerwehr.

Die Roßwürste mussten heiß angeboten werden, damit sie sogleich mit großem Appetit verspeist werden konnten. Diese Pferdewürste waren sehr beliebt und der eigentliche Renner des Abends. Sie kamen vom Pferdemetzger aus Straubing und galten als Delikatesse. Die Nachfrage war so groß, weil alle viel Hunger hatten.

Die Frauen tranken oft kein Bier, sie wollten nüchtern bleiben, wegen des guten Rufes. Vermutlich war es auch notwendig, dem angetrunkenen Ehemann nach Hause zu helfen. Darum bestellten sie sich einen Kaffee und ersteigerten ein Paar Küchel.

Wer nichts essen wollte hatte genug Möglichkeiten, die Feuerwehrkasse zu füllen. Vom Christbaumschmuck bis zur selbstgenähten Schürze war für jeden etwas dabei. Zum Schluss kam der Christbaum dran, der aus Großzügigkeit symbolisch mit viel Geld ersteigert wurde, obwohl es nur ein dürres, karges Bäumerl mit etwas Lametta und einigen Strohsternen war. Wer ihn erstand, gewann an Ehre für die Gemeinschaft.

Diese Bräuche musste man erst einmal kennen, um den seltsamen Ablauf zu verstehen.

Warum laufen Buben mit aufgespießten Würsten herum, warum wird ein windiger Christbaum so leidenschaftlich ersteigert? Wer diese abgefahrene Situation lieben gelernt hat, vergisst sie so schnell nicht mehr und ist jedes Jahr dabei.

Es kam nicht selten vor, dass draußen der Wind den Schnee vor sich herwehte und ihn so hoch aufhäufte, dass der Weg aus dem Wirtshaus freigeräumt werden musste.

Die Wirtsleute waren sofort zur Stelle mit Schneeschaufeln und Besen, damit die aufgeheizten Gäste mit Nebelfahnen aus den Mündern in Richtung Heimat stapfen konnten. Hier zeigte es sich gelegentlich, wie wichtig die nüchternen Ehefrauen als Stütze ihrer Männer waren.

Sogar der Heimweg gestaltete sich als ein Ereignis, die Sterne erleuchteten die Nacht, wenn nicht sogar der Vollmond die Szene in verzaubertes Licht tauchte, das den Schnee glitzern ließ. Die warm eingemummten Gestalten, die ihrem Anwesen zustrebten, wirkten in der unberührten Winternacht wie aus einer Märchenwelt.

Maxi erinnert sich gut, wie sie gerne draußen stehen blieb, um diese Atmosphäre zu genießen, die sie nirgends sonst wo erlebt hatte. Keine Lichtverschmutzung störte den Sternenhimmel. Das bloße Einatmen der klaren Nachtluft und das Genießen der Stimmung waren eine Liebeserklärung an die Natur mit dem einfachen Dorfleben. Eine berauschende Erfahrung.

Diese Empfindungen haben sich fest eingeprägt in ihrem Bewusstsein. Eigentlich war sie ganz bei sich selbst angekommen in so einer unglaublich traumhaften Winternacht auf dem Weg vom Wirtshaus in die warme Stube daheim. Sie spürte die Macht und Schönheit der rauen Natur, war aber geborgen in der Dorfgemeinschaft, in unmittelbarer Nähe der Heimat auf dem Hof.

Das war vielleicht das Glück schlechthin, das sie empfunden hat. Diese in sich verbackene Mischung aus Schicksal, dem Ausgeliefertsein der Naturgewalten, der Gemeinschaft im Dorf und der Geborgenheit in der Familie. Alles schien wie von selbst gewachsen, alles fügte sich ein, als wäre es immer schon so gewesen.

Maxi hält inne, um ihren Gedankenträumen nachhängen zu können. Sie blickt in ihren Frühlingsgarten und genießt die aufsteigenden Erinnerungen.

„Das hat was, das Corona-Feeling", freut sie sich.

Schlagartig wird ihr klar, warum die Roßwürste immer auf eine Gabel aufgespießt wurden. Nicht nur, damit sie besser zu sehen waren, nein, wären sie den Buben vom Pappteller gerutscht, hätte man sie nicht mehr essen wollen. Sie ist wieder um eine Erkenntnis reicher.

Es hat alles seine logische Erklärung.

Der Winter dauerte im Vorwald länger als in der Stadt, mindestens um vier Wochen. Die Dorfjugend fieberte den lauen Frühlingsnächten entgegen, dem Besuch der Maiandachten, welche die Hauptattraktion der Dorfevents bildeten.

Die Waidler trafen sich jeden Abend vor dem Marienaltar in der Kirche, der extra hergerichtet und reich mit Blumen geschmückt wurde.

Der Duft der Frühlingsblumen beherrschte die ganze Kirche, erfüllte die Gläubigen mit Wonne und ließ sie verzückt die Marienlieder anstimmen, wodurch sie scheinbar nicht bemerkten, dass die Jugend gar nicht hineinging, sondern sich vor der Kirche versammelte.

Es war die Gelegenheit für die Dorfjugend, den Frühlingsgefühlen zu frönen. Kein Bub und kein Mädchen ließ sich diese Stunde entgehen.

Bis die Erwachsenen aus der Kirche strömten und verwundert fragten: „Was machts denn ihr da draußn?" Als ob es in ihrer Jugend anders gewesen wäre!

Alle hatten sich frühlingshaft aufgeputzt, die Mädchen mit schönen Kleidchen, der Flieder an der Friedhofsmauer duftete betörend mit dem Liguster um die Wette. Es war ein Ereignis jeden Abend im Mai, der Höhepunkt des Dorflebens für die Jugend.

Der Heimweg konnte schon etwas länger dauern.

Anfangs war es eine Mutprobe, nicht in die Kirche hineinzugehen. Maxi gewöhnte sich schnell daran, die strengen Regeln zu missachten. Bald war es eine Selbstverständlichkeit, vor der Kirche stehen zu bleiben und den Fahrradkünsten der Burschen zuzuschauen.

Die junge Meute kicherte frech, als die alten Frauen aus der beendeten Maiandacht kamen und über die Gottlosigkeit der Jugend schimpften.

„Frech sans a no", grantelten sie beim Weitergehen.

Hier machte Maxi die ersten Gehversuche, sich über die eingefahrenen Gesetzmäßigkeiten hinwegzusetzten.

Maxis wichtigste Vertraute auf dem Wunder-Hof war neben ihrer Mutter die Großmutter.

Diese Oma hielt es nicht so mit Rauhnacht-Gestalten, sie wollte die Kinder nicht mit Gruselgeschichten beeindrucken.

Ihre Intention galt der Vorbereitung auf kommende Ereignisse, die Zukunftsvisionen der Seher waren ihre Leidenschaft.

Ihre schicksalhafte Vergangenheit ließ sie erkennen, wie wichtig es ist, sich auf Veränderungen einzustellen, nur dann kann man sich schützen und entsprechende Verhaltensweisen vorplanen. Ja sie plante wirklich und fühlte sich verpflichtet, ihre Erkenntnisse an die Kinder weiterzugeben.

Darum erzählte sie oft davon, immer wieder die gleichen Prophezeiungen, die sich Maxi bis heute gemerkt hat. Auf Nachfragen der Kinder, wie Vorhersagen zu deuten sind, wusste sie keine rechte Antwort, nur vage Interpretationen. Das einzig sichere waren die Reaktioen, wie man diesen Phänomenen begegnen kann.

Es gab aus damaliger Sicht alles keinen rechten Sinn für Maxi, sie muss aber oft an die Worte der Oma denken.

Plötzlich eröffnen sich Zusammenhänge mit den aktuellen Ereignissen, Maxi bekommt die Erkenntnisse der Oma nicht mehr aus dem Kopf.

Die Oma war eine kluge Frau, sie studierte nicht an der Universität, aber sie beschäftigte sich mit den Weissagungen von Nostradamus, Mühlhiasl oder Irlmaier. Wobei Nostradamus ihr Favorit war.

Ihr Interesse für Seher wurde durch ihren Vater geweckt, der schon ein Prophezeiungsexperte war. Wenn auch schon lange tot, spielte er doch immer noch eine wichtige Rolle im Leben der Großmutter.

Maxis Großeltern wirtschafteten zufrieden vor sich hin auf dem Wunder-Hof. Sie waren glücklich mit dem, was sie hatten. Ihre Frömmigkeit verankerte sie fest in ihrer Lebenswelt.

Großen Wert legten Opa und Oma auf die Beachtung des Mondkalenders, er hing in der Stube und wurde sorgfältig studiert, um die günstigsten Zeiten für das Säen, schneiden der Obstbäume oder für das Holzmachen im Wald zu wählen.

Der Oma war es ein Anliegen, den Enkelkindern zu zeigen, wie gesäte Tomaten, Sonnenblumen, Salat und Radieschen besser und schneller keimten, wenn die Mondzeiten beachtet wurden.

Sie ließ es sich nicht nehmen, sogar anschauliche Versuchs-saaten anzulegen.

Sie säte Samen der gleichen Art in Blumentöpfe, einmal mit den günstigen Zeiten des Mondkalenders und dann in den ungünstigen Zeiten.

Und siehe da, es stimmte wirklich. Die Kinder sahen es mit eigenen Augen, dass die Oma Recht hatte. Es wurden genaue Aufzeichnungen gemacht, mit dem Aussaatdatum und dem Erscheinen der Pflänzchen.

Die Aufzucht nach den Mondkalender-Vorgaben war tatsäch-lich erfolgreicher, die Samen keimten schneller.

Die Enkelkinder der Wunder-Oma wuchsen mit der Erkenntnis auf, dass es Gesetzmäßigkeiten gibt, die von kosmischen Abläufen gesteuert werden. Zweifelsfrei leben wir in einem System, das in sich verknüpft ist.

Genauso verhielt es sich mit den Bauernregeln nach dem soge-nannten 100jährigen Bauernkalender.

Diese Planungen übernahm der Opa, bei allen Vorhaben las er zuerst die Vorhersagen dieses 100jährigen Bauernkalenders.

Die richtige Planung von Säen und Ernten musste nun nur noch mit dem Mondkalender und dem 100jährigen Bauernkalender in Einklang gebracht werden.

Es war somit eine aufwendige Planerei, welche die tägliche Aufmerksamkeit erforderte und viel Gesprächsstoff lieferte.

Wollte etwas nicht so recht gelingen, bedauerte der Opa:

„Hätt mas doch a so macha solln", wobei das „a so" natürlich die zweite Variante betraf, die vorher diskutiert wurde.

Es war ein ständiges Nachdenken, Abwägen und Beraten in der Wohnstube. Das Wissen verfeinerte sich laufend, wenn es auch die Misserfolge waren, die den größten Gesprächsbedarf verur-sachten.

Die Familie Wunder lebte bewusst sehr naturbezogen. Sie versuchte zumindest, den Gesetzmäßigkeiten der Umwelt gerecht zu werden.

Mühle in Apoig, Heimat des Mühlhiasl

Vielleicht suchten sie dem Schicksal eins auszuwischen und das Ruder sicherheitshalber selbst in die Hand zu nehmen. Wenn es auch nicht wirklich half, die Wunders packten jeden Strohhalm, um den gewissen Vorteil für sich beanspruchen zu können. Man kann es auch Bauernschläue nennen, dieses schlitzäugige Nutzen der vermeintlichen Insidertipps.

Es machte jedenfalls Spaß, konnte niemals schaden und erdete die Großeltern so richtig.

Aus dieser Lebenseinstellung heraus ist es nicht weiter verwunderlich, dass auch die Zukunft nach bestem Wissen gut gemeistert werden sollte. Mehr Wissen kann den entscheidenden Vorteil bringen und neugierig war man sowieso.

Es scheint kein Zufall zu sein, dass bedeutende Seher aus dem Bayerischen Wald kommen. Die Waidler, wie sie sich selbst nennen, scheinen feine Antennen für die Fähigkeit des Sehens zu besitzen. Das abendliche Zusammensitzen in Stuben und Wirtshäusern beflügelt diese Gaben, wenn es auch lediglich das Weitererzählen von Wandersagen ist, die immer neu gedeutet werden.

Das Bemühen, sich die Zukunft vorzustellen und die Neugierde darüber haben die Geschichten oft erheblich verändert.

Großmutter besorgte sich Schriften von Nostradamus, einem französischen Arzt, Apotheker und Astrologen.

Dieser Nostradamus verfasste Verse, angeblich über 1000 und das vor 500 Jahren. Wie konnte das von Interesse sein?

Die Kinder waren durchaus neugierig, die Großmutter wurde nicht müde, diese Vorhersagen zu erzählen. Sie besaß etliche Auslegungen in Buchform, die ihr selbst halfen, Schlüsse aus den Versen zu ziehen.

Das Thema war schier unerschöpflich und die Deutungen unendlich.

Barbados

Versunken in ihrer Kindheit blickt Maxi von ihrem Spaziergang im Album auf. Der Gesang der Vögel ist viel auffälliger als sonst, haben sich die Vögel vermehrt? Nein, es liegt natürlich daran, dass kein Autolärm die Ruhe stört. Es ist Corona-Ruhe auf der ganzen Welt. Ein unglaublicher Stillstand ist eingetreten.

Ihre Neugierde wächst, sie will mehr wissen über diese Prophezeiungen. Vielleicht gibt es tatsächlich Zusammenhänge?

Maxi schaltet ihren Computer ein um Nachforschungen anzustellen. Normalerweise läuft er den ganzen Tag, doch sie ist im Krisenmodus und genehmigt sich eine Auszeit.

Es sind Unmengen Emails aufgelaufen, dafür wird sie viel Zeit brauchen. Ihr Partner Rüdiger Heerfurth schreibt stündlich neue Mails.

Zunächst will sie sich informieren über den Seher Nostradamus. Er wurde 1503 in der Provence geboren, ein hochgeachteter Mann, auf den sogar Ludwig der XIV hörte. Dieser nannte sich Sonnenkönig, weil Nostradamus ihn mit diesem Titel angekündigt haben soll.

Nostradamus war ein treffsicherer Prophet und gleichzeitig ein hervorragender Astrologe, ein gottesfürchtiger und hoch angesehener Wissenschaftler.

Ein großes Anliegen von ihm war, die Menschheit auf die großen Ereignisse im dritten Jahrtausend vorzubereiten. Seine Vorhersagen sollten den Schritt in eine bessere Zeit ermöglichen.

Seine Eingebungen basieren auf dem Stand der Gestirne, also der Astrologie. Der Kapitalismus soll überwunden werden in der Zeit von 2008 bis 2025, wenn Pluto im Steinbock steht. Danach wandert Pluto in den Wassermann und wird vom Uranus geprägt, dann kann es zu gewaltsamen Lösungen kommen.

Maxi schmökert in Interpretationen der Nostradamus-Verse. Sie entdeckt so beängstigende Auslegungen, dass sie diese Recherche deprimiert einstellt.

Diese schaurigen Hiobsbotschaften werden ihr doch zuviel, sie will sich nicht so runterziehen lassen von diesen Ausdeutungen der Nostradamus-Verse.

Auf ihrem Rechner blinken immer neue Nachrichten auf, sie wendet sich ihrem Email-Account zu.

Alles Unwichtige sortiert sie aus, dann bleiben immer noch dutzende Nachrichten, vor allem von Rüdiger.

Er ist mindestes zweimal im Jahr auf Barbados in seiner Ferienwohnung. Rüdiger arbeitet immer an seiner umfassenden Selbstoptimierung. Dazu gehören natürlich auch die Erholungsphasen nach seinen Idealvorstellungen.

Er will abschalten und ausschließlich relaxen, im Sinne gängiger Klischees, wie Sonne, Strand, Bar, Meer, Boot, Party und geldige Gesellschaft. Ganz einfach eintauchen und treiben lassen, bräunen, leben, genießen. Das ist ihm auch immer gelungen, bisher jedenfalls.

Maxi war auch schon dabei und durchaus angetan vom Urlauben auf Barbados. Sie hatte ihr eigenes Hotelzimmer gebucht, um ihm nicht zur Last zu fallen. Rüdiger hat sich aber nicht lumpen lassen und ihr die Insel gezeigt und sein Reich vorgeführt. Er hat sie auf Segeltörns mitgenommen und Ausflüge organisiert. Das Abgefahrendste war ein Besuch bei Cliff Richard, den er stolz zu seinen Freunden zählt.

Cliff Richard ist einer der erfolgreichsten englischen Schlagerstars und hat ein schickes Domizil auf Barbados.

Rüdiger hat Cliff auf einer Party getroffen und sich gleich mit ihm bekannt gemacht. Es passte gut, dass Cliff einen juristischen Rat brauchte, hier konnte Rüdiger sofort einhaken und großzügig beraten, natürlich ohne Honorar. Er wurde auch prompt eingeladen in seine Villa am Sugar Hill.

Er wollte Maxi eine Freude machen und auch sie mit Cliff in Kontakt bringen, möglichst mit einem Besuch bei ihm auf dem

Anwesen. Es ließ sich gut einfädeln, Rüdiger erkundigte sich bei Cliff nach seinem Erfolg im Rechtsstreit und bekam prompt die Aufforderung zum Vorbeikommen.

Maxi ist immer noch begeistert, das war richtig toll auf Barbados. Sie wurden zum Tee auf Cliffs Terrasse gebeten, natürlich mit Blick auf den Atlantik. Sie ließ sich nicht lange bitten, als er sie zum Schwimmen einlud.

Maximiliane schwamm im Pool von Cliff Richard vor seiner Villa auf Barbados.

Das hat schon was, denkt sie auf ihrer Terrasse mitten in der Corona-Krise. Sie ist schon wieder in Gedanken versunken und muss sich zwingen, die Email-Serie von Rüdiger nach und nach durchzulesen.

Sie kannte seine Befindlichkeit auf Barbados. Seine Sekretärin, die halbtags in der Kanzlei arbeitet, ist voll ausgelastet, sie muss mit der Corona-Krise kämpfen wie Don Quijote gegen die Windmühlen. Die Hilflosigkeit auf der Ferieninsel lässt Rüdiger in blinden Aktionismus verfallen.

Die ersten Mails mit den Strandbildern kannte sie schon, doch dann berichtet Rüdiger von den Pandemie-Einschränkungen, die auch vor Barbados keinen Halt machen.

Der Strand ist gesperrt, es gibt ein nächtliches Ausgangsverbot und auch tagsüber darf er nur für nötige Einkäufe aus dem Haus. Er ist eingeengt in seiner Wohnung, die keinesfalls für Ganztagsaufenthalte geplant ist. Dieser Enge lässt sich nicht entfliehen, alle Restaurants und die Poolbars vor seinem Domizil sind geschlossen. Er darf keine Gäste empfangen und auch niemanden besuchen.

Er hat kein Büro, keine Klientenkontakte und sowieso keine Nerven für derartige Zustände, die eigentlich nicht denkbar sind, oder bisher nicht denkbar waren.

Da sitzt er nun im Urlaubsmodus, mit Handy und Tablet, ohne Kanzlei und Sekretärinnen.

Zuerst dachte er, es sind wenige Wochen, die er aushalten muss im Paradies, mit allen Annehmlichkeiten der Karibik. Doch das Paradies verengte sich in eine schlichte Ferienwohnung, die nicht einmal Blick aufs Meer hat. Eigentlich wollte er jeden Tag am und auf dem Meer verbringen, er benötigt in der Nacht keinen Meerblick, der hätte ihn 50.000 Euro mehr gekostet.

Sein geplanter Rückflug wurde längst gecancelt, neue Buchungen sind nicht möglich, alle Flüge werden eingestellt.

Es gab eine Rückholaktion für deutsche Staatsbürger, doch die kam für ihn nicht in Frage, er ist in Barbados eingebürgert und mit keinem Reiseveranstalter unterwegs.

Was zunächst als mittlere Panne anzusehen war, entwickelt sich zur Katastrophe, wenn auch im vermeintlichen Paradies.

Sollte er einen Rückflug ergattern, müsste er zwei Wochen in Quarantäne.

Seine laufenden Fälle daheim in der Kanzlei kommen ins Stocken, Scheidungen werden noch einmal überdacht, Streitfälle erübrigen sich, Firmen machen Pleite, Gerichtstermine werden auf unbestimmte Zeit verschoben.

Praktisch über Nacht verändert sich das Leben gravierend. Die Wirtschaft steht still. Angst macht sich breit, denn niemand kann abschätzen, wie es weitergeht.

Der Wirtschaftskreislauf wird mit einem Schlag unterbrochen, es gibt keine Anhaltspunkte, wie lange dieser Zustand dauert. Zunächst behilft man sich mit Überbrückungen, doch die Ausweglosigkeit wird täglich deutlicher und der Ruf nach Hilfen vom Staat immer lauter. Rüdiger fragt sich insgeheim, kann ein Staat derartige Verluste auffangen?

Jede Firma, die ihren Betrieb einstellen muss, kommt in einen undenkbaren Zustand, unplanbar, das klare Aus für viele Betroffene.

Der Staat verspricht Ausgleichszahlungen, doch wie weit ist das überhaupt möglich?

Rüdiger ist ein Realist, er sieht eine Katastrophe auf die Wirtschaft zukommen. Eigentlich ist es gleichgültig, ob er auf Barbados sitzt oder daheim in seinem Haus.

Die gesamten Anfragen der Klienten beziehen sich auf die Beantragung von Hilfsgeldern. Damit ist nicht wirklich etwas verdient, darum muss Rüdigers Sekretärin die Klienten auf ihren Steuerberater verweisen.

Was Rüdiger total fertigmacht, ist das Ausbleiben von Honoraren, der Wertverfall von Immobilien, die Pleiten von Mandanten, seine Hilflosigkeit auf Barbados.

Er muss sich die Zeit irgendwie vertreiben, doch auch Cliff Richard empfängt keine Besuche und schottet sich ab. Seine Villa ist zum Verkauf ausgeschrieben, für über 6,8 Millionen Pfund. Wer soll jetzt Immobilien kaufen, in einer ungewissen Zeit mit gravierenden Reisebeschränkungen?

Das macht Rüdiger wütend, erkennt er doch, dass auch seine Wohnung an Wert verlieren wird.

Auch die daheimgebliebene Maxi ist traurig, sie wird nie mehr im Pool vor der Villa schwimmen dürfen. Vielleicht ist die Zeit des sorglosen Luxuslebens vorbei.

Rüdiger fühlt sich wie ein Tiger im Käfig, die Ungewissheit der Zukunft zermartert ihm den Kopf. Er ist ein Kämpfer und ein Macher, jetzt leider ohne Perspektive und ohne Gegner.

Jedes seiner Mails ist ein Hilferuf ins Leere.

Maxi will ihn nicht verärgern und schreibt kein Wort über ihre Gelassenheit, mit der sie die Ruhe genießt.

Sie versucht Rüdiger zu beruhigen, indem sie die Situation in Deutschland beschreibt und berichtet ihm von einer Anwältin, die Klage gegen die Corona-Einschränkungen erhebt, aber selbst in die Psychiatrie eingewiesen wird. Maxi weiß, dass Rüdiger für jede Ablenkung dankbar ist.

Sie kann ihn beruhigen, die Kurzarbeit für die Angestellten wird vom Staat bezahlt und die Rücklagen reichen noch einige Monate für die Miete der Kanzleiräume.

Es wird schon eine Wende kommen, vorerst kann sie gar nichts machen.

Wochenlang hört man nichts anderes als Corona, Corona, Corona. Ein Ende ist nicht in Sicht.

Es gibt Hilfszahlungen vom Staat in Milliardenhöhe für die Gastwirte, die Fluglinien, die Banken, die Autoindustrie, die

Künstler, den Einzelhandel, die Familien, die Theater, die Arbeitslosen und vielen mehr.

Für Maxi scheint, dass Ruhe bewahrt werden und keine Angst oder gar eine Revolution heraufbeschworen werden soll. Es ist ihr allerdings vollkommen klar, das dicke Ende kommt bestimmt.

Es wird von Suiziden berichtet, Depression und wirtschaftliche Ausweglosigkeit treiben Menschen in den Tod.

Die Wochen vergehen, die Einschränkungen werden gelockert, das Geschäft in der Kanzlei nimmt wieder zu, die Rückkehr von Rüdiger scheint in Sicht.

Als positive Folge der Pandemie-Beschränkungen wird die gesamte Gesellschaft innovativer. Lehrer arbeiten sich im Online-Unterricht ein. Theater ersetzen die Vorstellungen durch Video-Übertragungen. Sogar Fußballspiele finden ohne Zuschauer statt und sind nur online verfolgbar. Man nennt sie Geisterspiele.

Videokonferenzen ermöglichen persönliche Meetings quer über den Erdball. Das Reisen wird eingestellt. Keine Kondensstreifen zeichnen den Himmel, die Autobahnen sind leer. Eine nie geahnte Ruhe liegt über der Welt.

Sogar Rüdiger Heerfurth erdet sich auf Barbados. Er nutzt das Büro eines Freundes für seine Online-Meetings, der Strand darf mit Sicherheitsabstand betreten werden. Die Restaurants öffnen allmählich, unter Einhaltungen von strengen Hygieneauflagen. Er findet sich wieder ein im Paradies-Feeling. Die unglaubliche Ruhe weist auch ihm den Weg zur Gelassenheit.

Die Erfahrung, dass es auch anders geht, hat durchaus etwas Beglückendes. Eine nie geahnte Abgeklärtheit scheint möglich.

Seit Jahrzehnten wird die Abkehr von Umweltzerstörungen gepredigt. Jeder weiß, es muss sich etwas ändern, jetzt hat es sich geändert. Einfach so, mit einem Schlag, man arrangiert sich zwangsläufig und sofort.

Die Menschheit, vom schlechten Gewissen geplagt, sieht einen Silberstreif am Horizont aufblitzen. Wer mitdenkt atmet erleichtert durch, wenn auch Zukunftsangst über die Ungewissheit entsteht.

So mancher, wie auch Rüdiger, überdenkt seine Lebensweise. Die Maloche der Arbeitswelt, das Aufdröseln von Streitfällen, die Gier nach immer mehr Geld, erscheint ihm denkwürdig in seiner Auszeitschleife auf Barbados.

Bisher machte alles Sinn, die teuren Kanzleiräume, die großen Autos, das abgefahrene Urlaubsdomizil, die Villa im Nobelviertel der Stadt. Eigentlich war es ein Ringen um Ansehen und Erfolg, ein Hetzen um Aufstieg und Wachstum.

Jeder Streitfall musste gewonnen werden, um den Ruf zu bestätigen, er war ein Meilenstein auf der Karriere zum Topanwalt. Seine Frau ist ebenfalls auf dem Erfolgstrip in ihrem Beruf als Managerin einer großen Firma. Die Kinder sind in Privatschulen im Internat, denn für sie hat man wirklich keine Zeit mehr. Man denkt sich optimal aufgestellt, aber stimmt das wirklich, oder zieht das Leben einfach vorbei?

Jetzt kann er gelassen am Hafenbecken sitzen mit einem Espresso vor sich, eine unbekannte Situation für Rüdiger. Normalerweise müsste er vom Gericht in die Kanzlei hetzen, Telefonate führen und Schriftsätze diktieren.

Unbegreiflich für ihn, ein Zustand der Verwunderung, wie aus der Zeit herausgefallen. So unvorstellbar, dass er ernsthaft drüber nachdenken muss, wie er hier sitzt und was es mit ihm macht. Er traut sich nicht eingestehen, dass es sich gut anfühlt.

Hilflos kreisen seine Gedanken im unbegreiflichen Zustand, muss er Schuldgefühle haben, oder kann er einfach alles laufen lassen. Aber das ist ja das Problem, er wird nicht gefragt, er ist ausgebremst. Wie er es auch dreht und wendet, er muss zu dem Schluss kommen, dass es in Ordnung ist, wie er mit seinem Espresso am Hafen sitzt.

Immer wieder gesteht er sich dieses Nichtstun zu, er darf das, er kann das, es gefällt ihm auch noch. So kann er Stunden zubringen, so etwas hat er noch nie erlebt.

Mit Freude schlendert er zu seinem Leihbüro, konzentriert sich auf einen oder zwei Fälle und verfasst brillante Schriftsätze. Zufrieden spaziert er dann durch das Dörfchen am Meer, vorbei am Obstmarkt und den Eisverkäufern.

Seine Ehefrau wollte nach einigen Tagen auf die Insel nachkommen. Das erfolgreiche Berufsleben macht gemeinsame Urlaubsreisen schwer, man muss sich arrangieren.

Doch Corona ist ihr zuvorgekommen, auch ihr Flug wurde gestrichen. Nun arbeitet sie daheim im Home-Office und beschult die Kinder.

Zunächst war es für seine Wilma Stress pur. Doch auch sie hat sich eingearbeitet. Sie genießt es inzwischen, diesen engen Kontakt zu ihren Kinder, der notwendig ist, um erfolgreich unterrichten zu können. Für die Schularbeiten müssen die Kinder begeistert und interessiert werden, damit etwas dabei herumkommt.

Das gelingt ihnen immer besser, Kinder und Mama haben sich zu einem produktiven Team zusammengefunden. Mit dem Lernstoff geht es erfolgreich voran, gefühlt schneller und besser als in der Schule. Man ist mit sich zufrieden.

Wilmas Einsatz als Manager reduziert sich momentan auf notwendige Entscheidungen. Der Betrieb, in dem sie arbeitet, ruht weitgehend. Sie lernt, mit Gelassenheit und Bedacht zu agieren.

Ist der Druck erst einmal herausgenommen, kann sich eine entspannte Realität ausbreiten. Auch seine erfolgreiche Ehefrau Wilma kann der neuen Perspektive etwas abgewinnen.

Die Lage ist unüberschaubar, es handelt sich nicht um ein vorübergehendes Phänomen, auf das man sich einstellen kann. Wer es unbeschadet überstehen möchte, tut gut daran, das Beste daraus zu machen, es gibt durchaus positive Auswirkungen.

Wirtschaftlich überwiegen natürlich die negativen Seiten.

Nur wenige Branchen profitieren.

Bei seiner Wilma hat sich auch der Corona-Modus eingestellt, sie ist längst in dieser Relaxrealität angekommen. Das Frühstück dauert länger und beginnt später. Sie genießt ihre Villa in vollen Züge, die Kinder blühen auf, sie entwickeln ein neues Lebensgefühl.

Es ist ihrer Mutter, die ja Managerin ist, gelungen, das Homeschooling positiv zu besetzen. Es geht nicht um Noten, sondern um Gedankenblitze. Wie kann ich einen Lernstoff verstehen und verinnerlichen? Wie erfasse ich ein Kapitel gut und schnell und kann es präzise und umfassend wiedergeben?

Es gibt keinen Sieger, aber begeisterte Lerner. Eine Zeitspanne ist festgesetzt, man braucht nicht hetzen, feiert aber das erarbeitete Wissen nach getaner Arbeit mit einer After-Work-Party im Garten.

Ein gemeinsames Essen wird zur Party umfunktioniert. Die innere Zufriedenheit ist der beste Lehrmeister. Das weiß die Mama und ist glücklich. Sie ist sogar so entspannt, dass sie aus Versehen die Tabletten für den Hund selber einnimmt.

Es ist täglich immer das gleiche Ritual, sie wickelt ihrem alten Hund die Tabletten in Käsescheibchen ein, damit er sie auch abschluckt, dann nimmt sie ihre eigenen Kreislauf- und Vitamintabletten ein. Schnell ist da die Reihenfolge verwechselt und bis sie es merkt, ist die Hundemedizin verschluckt, aber nicht vom Hund.

Sowas kann passieren und wird hoffentlich nicht schaden. Bei der nächsten After-Work-Party erzählt sie es den Kindern, damit die etwas zum Lachen haben. Fast zeitgleich findet Rüdiger die Nachricht auf dem Handy, als er schmunzelnd bei seinem Espresso am Hafen sitzt. Wenn es auch sechs Stunden Zeitunterschied gibt, das Internet bedient sie gleichzeitig. Die ausgedehnte Gegenwart breitet sich über die ganze Welt. Die Aufmerksamkeit konzentriert sich wieder mehr auf den zwischenmenschlichen Bereich.

Sollte es irgendwann vorbei sein mit den Einschränkungen, wird etwas fehlen. In den letzten 7 Wochen hat man sich in eine neue Wirklichkeit eingelebt und gewisse Vorteile erkannt. Kein

Mensch weiß, wie lange die Welt den Atem anhält. Niemand ahnt, ob es wieder werden wird wie früher. Aber will man das wirklich?

Das entstandene Vakuum zwingt zum Überdenken der eigenen Lebensweise.

Der lange Zeitraum des Innehaltens kann als Training angesehen werden. So mancher wird auf sich selbst zurückgeworfen. Der eine empfindet es als eine Chance, andere zerbrechen daran.

Die alte Lebensmühle gibt es nicht mehr.

Maxi lässt sich treiben, sie geht ihren Kindheitserinnerungen weiter nach, es entspricht ihrer Stimmung.

Sie beschließt, Kontakt mit Sebastian Langer aufzunehmen. Er ist im Vorwald geblieben und betreibt dort eine Landarztpraxis. Basti ist in die Fußstapfen seiner Mutter getreten, sie ist längst im Ruhestand, übernimmt aber seine Praxisvertretung im Urlaub.

Basti hat sich ein abgelegenes Anwesen gekauft und wunderschön ausgebaut. Maxi hörte schon oft davon, hat sich aber nie aufgerafft, ihn zu besuchen.

Jetzt ist es passend, sie hat Zeit und verabredet einen Besuch am Wochenende.

In der Kanzlei wird sie konfrontiert mit traurigen Nachrichten, unvermittelt stehen viele Existenzen auf dem Spiel. Noch nie ist in so kurzer Zeit die Zukunftsperspektive vieler Mandanten vernichtet worden. Auch sie kann nicht einschätzen, wie sich die Zukunft gestalten wird, zumindest was das Finanzielle anbelangt.

Stillstand

Maxi hat sich einen ganzen Tag offengehalten für den Besuch bei Basti. Sie verspürt eine immense Freiheit, die unverhofft eingetreten ist. Sozusagen eine Zwangsfreiheit, die sie genießen kann oder nicht. Sie entscheidet sich für das Erstere.

Deutschland befindet sich in der 8. Woche der Corona-Einschränkungen, die Auflagen werden gelockert. Besuche sind wieder im kleinen Umfang möglich. Somit ist es offiziell gestattet, wenn Maxi eine Tour in den Vorwald plant. Sie hätte es ohnehin gemacht, ohne amtliche Genehmigung, sie folgt ihrem eigenen Verantwortungsgefühl.

So ganz legal fährt sie los, biegt von der Autobahn ab und erreicht schnell die hügelige Landschaft im satten Frühlingsgrün. Sie wählt ein niedriges Tempo, damit sie unbeschwert, wie im Urlaub dahingleiten kann.

Sie entfernt sich immer weiter vom Arbeitsalltag mit der Hetze nach Geld und Erfolg. Ohne es zu bemerken, hat sie mitgespielt, es sogar für die Wirklichkeit gehalten. Doch diese Realität kommt plötzlich knirschend zum Stillstand.

Obwohl ihr bewusst ist, dass sie sich Sorgen machen müsste über die Zukunft ihrer Anwaltskanzlei und ihres Einkommens, tangiert sie die Bedrohung seltsamerweise nicht.

Eigentlich hat sie ohnehin keine Möglichkeit, etwas zu ändern. Voller Zuversicht wird ihr immer klarer, dass es noch ein anderes Dasein gibt, in dem sie sich auch gut zurechtfinden kann.

Niemand weiß, wie diese Weltkrise weitergeht, dennoch ist sie völlig sicher, dass alles gut werden wird.

Zumindest fühlt sie sich im Moment sehr gut, das ist ein sicheres Zeichen für eine positive Entwicklung, oder steht doch eine Apokalypse bevor?

Sie wird in den Prophezeiungen stöbern, wenn sie wieder daheim ist.

Mühle in Apoig, Heimat des Mühlhiasl

Das Ziel ist erreicht, Maxi wird schon erwartet, sie ist zum Brunch eingeladen. Das Anwesen wurde wunderschön ausgebaut, der Charakter ist erhalten geblieben, ein typischer Bauernhof im Vorwald mit Hühnern, Gemüsegarten, Obstwiese und aufgerichteten Holzstapeln neben der Eingangstüre.

Unter den Apfelbäumen empfängt sie ein gedeckter Tisch. Die Ostseite des Bauernhauses ist wie ein Wintergarten ausgebaut, davor befindet sich eine Terrasse, die mit Granitsteinen gepflastert ist. Eine kleine blonde Frau mit lustigen Augen arbeitet an einer Holzskulptur. Der Holzklotz ist riesig, um ihn herum türmen sich die Späne auf dem Pflaster.

Die Frau legt sofort ihre Werkzeuge weg, nimmt die Arbeitsschürze ab und eilt auf Maxi zu.

Maxi fragt freundlich: „Sie müssen Sonja sein, Bastis Frau!"

„Ich freu mich Maxi, sagen wir doch „du" zueinander."

Wie in Coronas Zeiten eingeübt, begrüßen sie sich mit Abstand. Sonja zeigt Maxi den Garten, in dem immer wieder Arbeiten von ihr stehen. Oft sind es grobe, düstere Gestalten mit schweren Händen und großen Füßen, dann wieder Gebilde aus knorrigem, zerklüftetem, wild gemasertem Holz, das wenig bearbeitet scheint, aber sehr eindrucksvoll aufgestellt ist.

Die Skulpturen sind wie zufällig arrangiert mit Findlingen oder Baumgruppen.

Der Umgriff des Wohnhauses ist sehr naturnah gestaltet, nur der große Parkplatz vor dem Haus erinnert, dass hier ein Arzt praktiziert.

Am Rande des Anwesens steht noch ein kleineres Häuschen, das sogenannte Austragshaus für die Alten auf dem Hof. Es hat sogar einen eigenen Stall und eine kleine Scheune. Der eingezäunte Gemüsegarten gehört zum Austrag, wie auch die freilaufenden Hühner.

„Da bist du ja endlich, Maxi!", begrüßt sie Basti und umarmt sie herzlich. Die Wiedersehensfreude ist so überwältigend, dass er die Corona-Regeln vergisst. Er kommt direkt aus seiner Praxis, ein Patient verabschiedet sich, Basti hofft, nun Zeit für den Brunch mit Maxi zu haben.

Es ist zwar Samstag, aber auf dem Land muss der Arzt immer zu erreichen sein. Zumindest, wenn Not am Mann ist.
„Gut schaust aus, Sebastian! Ich freue mich wirklich, dass es endlich gepasst hat mit dem Besuch. Corona machts möglich." Maxi ist begeistert von der Begegnung an diesem schönen Ort, den sie noch aus den Kindertagen kennt.
Das Anwesen wurde früher von der Familie Moser bewirtschaftet. Mit der Mutter oder dem Vater besuchte man die Einödhöfe ab und zu, um Küken zu kaufen, Holz für den Winter einzulagern, gemeinsame Einkäufe bei der BayWa zu tätigen und vieles mehr. Kaffeetrinken war damals nicht angesagt, die Erwachsenen waren immer am arbeiten. Die Kinder trafen sich in der Schule und marschierten dann zu Fuß heim, jedes für sich, wenn man nicht den gleichen Weg hatte.
Da stand er nun, der Schulfreund Sebastian, mit dem sie viele Erinnerungen teilt. Er hat leicht graue Schläfen und er schaut wirklich gut aus. Mit seiner netten Frau sind sie ein ungewöhnlich glückliches Paar.
Sie tauschen Komplimente aus, schlendern über den Hof. Nicht ohne Stolz zeigen sie das Haus von innen, Maxi ist begeistert vom Ambiente. Die bodenständige Einfachheit der Materialien und der künstlerische Aspekt durch Sonja ergeben eine beeindruckende Symbiose. Maxi ist durchaus überwältigt.
„Mei habts es da schee!", staunt sie ehrlich. „Wie kommt ihr mit der Corona-Krise zurecht?"
Basti erklärt: „Bei uns ist es recht entspannt, die Patienten warten lieber ab, aber wenns zwickt, dann kommens scho."
Auch sie haben viel mehr Ruhe und Freizeit, die sie in Urlaubsfeeling umwandeln.
Sonja arbeitet viel an ihren Skulpturen, kann aber keine Ausstellungen bestücken, auch ihre Verkaufsmöglichkeiten sind eingeschränkt. Sie nutzen die Zeit, um eine informative Homepage zu gestalten, eine Art Onlinevernissage, die laufend ergänzt wird.
Sebastian macht die Computerarbeit und schießt die Fotos. Sonja schreibt die Texte zu den Arbeiten, es entsteht eine sehr

kreative Komposition, die nun jeder Besucher in Ruhe genießen kann. Sie bekommt viel Resonanz, eine gute Entwicklung bahnt sich an. Ihr Einödatelier ist in jedem Wohnzimmer auf der ganzen Welt zu sehen, für jeden Kunstinteressierten, der sie finden will.

Basti hilft auch hier, mit Verlinkungen und mit dem Auffinden von Portalen, die für den Onlineauftritt seiner Sonja genutzt werden können. Grinsend behauptet er, sie sei bald bekannter als vor der Pandemie.

Drüben im Austragshäusl tut sich was. Eine alte Frau bemüht sich, ein Huhn einzufangen.

„Griaß die Anni, muaß wieder oans dro glaum?" Die Anni lässt von dem Huhn ab, blickt auf und winkt. Sie strahlt übers ganze Gesicht und antwortet: „Jede Wocha hol i mir oans! Oamol gibts a Suppnhena, dann wieder a brons Giggerl!"

Alle müssen lachen und die Anni setzt ihre Jagd fort.

„Das ist unsere Anni, sie ist mit ihrer Schwester auf dem Hof geblieben und musste mit übernommen werden."

Der Moser-Hof stand zum Verkauf, die Erben wollten Geld sehen, aber die Schwestern Anni und Rosi sollten versorgt werden. Sebastian überlegte nicht lang und machte den Vorschlag, dass die älteren Damen im Austragshäusl wohnen bleiben können. Das war ein kluger Schachzug, er bekam den Zuschlag, obwohl es zahlreiche Interessenten gab.

Leider ist die Rosi vor zwei Jahren verstorben und Anni lebt ihren gewohnten Alltag weiter wie immer.

Das Huhn ist für den Sonntag geplant, sie wird es schön ausnehmen und rupfen, dann kann sie es gleich in der Frühe in den Ofen schieben.

An das Fleisch isst sie drei oder vier Tage hin, dann gibt es den Rest der Woche Mehlspeisen. Zur Zeit sind Hollerkiachl dran. Hollerkiachl mit Apfelmus, oder Apfelstrudel mit Vanillesoße, oder Fingernudel mit Sauerkraut. Die Äpfel vom Vorjahr halten sich gut im Lagerraum des alten Hauses, für alles ist gesorgt.

Es fehlt der Anni an nichts, sie ist schon 98 Jahre alt und versorgt sich weitgehend selbst. Basti übernimmt die medizinische Fürsorge, er misst täglich den Blutdruck und überwacht die Einnahme der Medikamente. Eine Dorfhelferin kommt auch jeden Tag, hält die Wohnung in Ordnung und übernimmt ihre Einkäufe.

Jetzt bringt Sonja den Kaffee, man setzt sich unter den Apfelbäumen zusammen. Der Tisch ist mit Blumen geschmückt, es gibt selbstgemachte Marmeladen, Leberwurst und Geräuchertes vom hiesigen Metzger. Basti hat sogar einen Rhabarberkuchen gebacken, er ist noch lauwarm und wird mit frischer kühler Sahne gegessen.

„Isst die Anni nicht mit?", fragt Maxi.

Sebastian verneint: „Die Anni lebt völlig für sich". Sie ist mit ihrem Alltag sehr beschäftigt, nur am Sonntag muss sie unbedingt in die Kirche gehen. Das ist zur Zeit ein Problem, weil es keine Messe gibt wegen der Ansteckungsgefahr. Diese Regelung will Anni nicht akzeptieren, sie schiebt ihr Gickerl in den Ofen und geht mit dem schönen Gewand zur Kirche.

Genauso machen es mehrere alte Leute aus der Umgebung, man trifft sich ohne Mundschutz und ohne Abstandhaltung vor dem Altar in der ersten Reihe in der Kirche und betet gemeinsam einen Rosenkranz, weil es keine Messe gibt. Der Pfarrer lässt sich nicht blicken, unterbindet das Treiben der Senioren aber auch nicht. Darauf angesprochen antwortet er lapidar: „Oh mei, i ko doch meine Tabernakelwanzen ned aussperrn aus da Kircha."

So lässt man es laufen, die Alten frönen ihrer Gewohnheit, die Gemeinde sieht drüber hinweg.

Dieses lebenslange feste Ritual lässt sich die Anni nicht nehmen, sieht sie doch den Kirchturm von ihrer Stube aus, wie kann sie da die Sonntagsmesse vergessen. Die Glocken hört sie auch immer noch.

Es muss darauf geachtet werden, dass der Blick auf den Kirchturm nicht mit Bäumen zuwächst. Der Basti hält sich streng daran und sägt alles weg, was das Wohlbefinden von Anni schmälern könnte.

Geschickt manövriert die Greisin das Gickerl in eine Ecke, in der sie es packen kann. Es schreit laut und ahnt wohl, dass ein Unheil naht. Anni strahlt und hält das zappelnde Tier an den Beinen hoch. Sie verschwindet damit um die Hausecke, wo ein Hackstock steht. Mit einem letzen Schrei und Geflatter kehrt Ruhe ein.

Maxi wird etwas blass um die Nase, sie ist mit derartigen rauen Aktivitäten nicht mehr konfrontiert. Sie holt das Geflügel natürlich heutzutage aus dem Kühlregal. Hier werden die Erlebnisse der Kindheit wieder wach.

Sie erinnert sich an ihre Vegetarierphase, verdrängt die Gedanken schnell wieder und wendet sich dem Rhabarberkuchen zu.

Sonja serviert ein Glas Sekt, um auf den Besuch anzustoßen. Maxi will noch die Praxis sehen, man macht einen Rundgang am Anwesen und plaudert von vergangenen Zeiten.

Der Eingang zur Rezeption und zum Wartebereich ist im westlichen Teil des Hauses untergebracht. Ein Laubengang trennt die Arztpraxis vom Wohnbereich, damit der Alltag nicht durch den Patientenverkehr beeinträchtigt ist. Wer vom Parkplatz in die Praxis geht, bleibt im eigentlichen Wohnhof unsichtbar.

„Gut gelöst", lobt Maxi, für einen Landarzt ist die Situation ideal, er ist immer schnell zur Stelle, wenn Notfälle eintreten und spart unnötige Wege.

„Als Landarzt bin ich viel auf Achse für Hausbesuche, das Wohnen an der Praxis ist allerdings eine große Erleichterung, um nicht ständig unterwegs zu sein", erklärt Basti.

Auf ihrem Rundgang kommen sie auch bei Anni vorbei, sie sitzt vor ihrer Haustüre mit einer Schüssel und rupft das Huhn. Scheinbar ist sie doch um eine Abwechslung dankbar und unterbricht ihre Arbeit. Anni kommt an den Holzlattenzaun, wischt sich die Hände an der Schürze ab und will alles über die Besucherin wissen.

Als Maxi von ihrer Kindheit in der Nähe erzählt und von ihrer Oma, die immer über Prophezeiungen gelesen hat, blüht das Moser-Weibl auf.

Sie öffnet das einfache Gartentürchen und bittet Maxi auf ihre Hausbank vor dem Eingang. Das halb gerupfte Geflügel wird zur Seite gestellt und Anni fängt an zu schimpfen:

„Die Menschen werden immer unersättlicher, sie wandeln die Gaben der Schöpfung in Abfall um! Nichts als Überfluss, Verschwendung und Oberflächlichkeit! Bald wird der Antichrist kommen und es wird eine Dunkelheit hereinbrechen. Wer nicht an Gott glaubt, der muss verzweifeln."

Vielleicht ist er ja schon da, meint sie, der Antichrist, denn die Menschen gehen nicht mehr in die Kirche. Sie selbst fällt nicht darauf herein, sie geht zum Altar und betet, damit sie gerettet wird. Die Krankheit ist eine Erfindung des Antichrist, das ist ein Blödsinn, niemand ist krank, kein Virus ist zu sehen, warum soll sie daheim bleiben. Morgen geht sie wieder hin und alle, die guten Willens sind.

Zum Glück ist das Hausbankerl recht lang, Maxi kann so weit wegrutschen, dass der Mindestabstand eingehalten wird. Die Anni bemerkt es und lacht:„I bin fei bumberlgsund, mußt ned wegrutschn". Maxi entschuldigt sich und erklärt, dass sie ja aus der Stadt kommt und daran gewöhnt ist, ein Meter fünfzig Abstand zu halten.

Sie fragt einfach weiter: „Warum denkst denn, dass der Antichrist jetzt kummt?"

„Des woas i doch, des Henabluad graupert se so arg, wenn i des auffanga dua. Des ist a klars Zeichn, das allas anders wiad!"

Dem ist nichts hinzuzufügen, denkt sich Maxi, bevor sie allerdings antworten kann, legt die Anni erst richtig los.

„I hab ganz vui Biachal von Sehern, grad les i vo oaner Frau Seeler."

Ganz in sich gekehrt schildert Anni ihre Erkenntnisse über diese Wahrsagerin. Frau Seeler soll eine arme Frau gewesen sein, aus einfachsten Verhältnissen, wie es ja so oft der Fall ist bei Menschen mit dem zweiten Gesicht, oder wie man es auch nennen mag.

Diese Frau soll dem Mühlhiasl nahe gestanden haben, zumindest geistig. Sie ist eine bescheidene Frau gewesen, mit einem ganz kleinen, kugelrunden Kopf. Sie hat es nie geplant oder provoziert, sondern hat unverhofft einen solchen Zustand bekommen, der wie eine Art Verzückung beschrieben wird. Es war ein Anfall, der sie aus der Gegenwart gerissen hat. Sie soll wirr vor sich hingeplappert und dabei unleserliche Notizen gemacht haben.

Zweifelsfrei belegt ist der Umstand, dass sie ein schmales langes, graues Gesicht bekommen hat und gesprochen hat, als wäre sie eine andere Person. Sie hat sich verkrampft und die Stimme kam wie aus einer fernen Welt.

So haben es viele erlebt. Einmal soll sie gerufen haben: "Die Regierung wechselt!" Und am nächsten Tag ist der Bundeskanzler Brand zurückgetreten.

Ihre wilden Kritzeleien konnte sie nach dem „Anfall" nur selbst entschlüsseln, um sie vorzulesen. Sie soll erst dann verstanden haben, was passiert ist.

Sie sagte immer: „Ja, ich weiß eigentlich nun jetzt erst, was gewesen ist." Was soll man da sagen.

Sebastian lehnt am Gartenzaun und grinst.

„Komm Maxi, die hört jetzt nimma auf."

Maxi zeigt sich aber interessiert: „Ich mache mir gerade selbst Gedanken über die Weissagungen und höre der Anni gerne zu. Was sie gerade erzählt, kenne ich noch nicht von der Großmutter."

„Da müssen wir einen neuen Termin ausmachen für deine Geheimsitzungen mit der Anni", meint Sebastian schmunzelnd und lädt Maxi zu seinem Geburtstag in sechs Wochen ein.

Der Hofspaziergang wird fortgesetzt, Sonja wartet schon in ihrem Atelier. Dafür wurde die ehemalige Scheune ausgebaut, die gesamte Vorderfront ist verglast wie ein Wintergarten. Das ist zweifelsfrei der schönste Raum des Anwesens.

Maxi spürt das erhabene Gefühl, als sie das Atelier betritt, hier hat Sonja ihre künstlerischen Anregungen. Maxi kann es nachempfinden und würde gerne selbst zu arbeiten anfangen.

„Ein toller Arbeitsplatz", gesteht Maxi, „du bist zu beneiden Sonja."

Ein weiteres Glas Sekt wird eingeschenkt, man plaudert zwischen den Skulpturen. Ein beeindruckender Ort, das könnte Maxi auch gefallen, so ein Leben auf dem Land.

Sie ist fest entschlossen, wiederzukommen. Das Anwesen von Sonja und Sebastian empfindet sie wie eine Oase in der Corona Wüste.

Die Situation mit der Pandemie ist zwar die gleiche, erscheint dennoch fern vom verletzlichen Weltgetriebe.

Falls es ganz schlimm kommt, können sie auch ein Gickerl schlachten und Hollerküchel essen.

„Scherz beiseite", stoppt sie Basti, „meine Einnahmen gehen drastisch zurück, unnötige Arztbesuche werden aufgeschoben. Auch Sonja verkauft schlecht, es fehlen die Ausstellungen, vor allem die Wettbewerbe und Ankäufe von Kommunen."

Er will nicht jammern und meint es ironisch, natürlich können sie die Pandemie besser überstehen als ein Städter in seiner Etagenwohnung.

Die beiden haben eine gelassene Einstellung zum Geschehen, sie genießen jede Minute, sie sind sich der Endlichkeit ihres Daseins bewusst. Nehmen was kommt und das Beste daraus machen, ist ihre Devise. Eine kluge Erkenntnis, denn ändern lässt sich ohnehin nichts.

Maxi denkt an Aufbruch, sie muss zurück in ihre Realität, Rüdiger wird heimkommen, die Quarantäne-Vorschriften wurden aufgehoben, Flüge sind wieder buchbar.

Auf dem Weg zum Auto fallen ihr die blühenden Rosen auf, deren Duft sie die ganze Zeit umgibt. In jeder Ecke des Bauerngartens von Anni wächst ein gewaltiger Rosenbusch, es sind alte Sorten, die viel blühen und stark duften, die ersten Blüten öffnen sich gerade.

Auch der Laubengang zu den Praxisräumen ist mit Rosen bewachsen. Sonja hat sie gepflanzt und erzählt begeistert, dass sie nur Sorten mit Duft ausgesucht hat.

Die Holunderbüsche am Parkplatz duften mit den Rosen um die Wette, Maxi steuert ihr Auto zurück in die Normalität.

Es war ein wunderschöner Tag, wie ein Urlaub. Bei sich angekommen, genießt sie noch den Abend, auch bei ihr blühen
schon die Rosen. Sie macht es sich mit einem Glas Rotwein
gemütlich auf der Terrasse und checkt ihre Mails.
Prompt hat Rüdiger geschrieben, er ist schon daheim bei seiner
Familie und hat sich sofort testen lassen. Damit niemand
gefährdet wird, will er erst in der Kanzlei erscheinen, wenn
das Ergebnis vorliegt. Er rechnet mit der Benachrichtigung am
Montag, legt sich aber heute schon voll ins Zeug.
Ein Corona-Plan soll für die Kanzlei erstellt werden. Er macht
Vorschläge, die Maxi absegnen soll. Sie wird aus ihrer Beschau-
lichkeit gerissen, sie muss sich damit auseinandersetzen, ob sie
will oder nicht. Sogleich kommt ein neues Mail, indem er die
Stellungnahme von Maxi anmahnt.
Los gehts wieder, denkt sich Maxi und liest die Vorschläge
durch. Sie und Rüdiger sollen sich die Zeiten im Büro teilen,
jeder hat zwei Stunden am Vormittag und zwei Stunden am
Nachmittag. Also Rüdiger von 8 bis 10 Uhr und dann Maxi
von 10 bis 12 Uhr. Dann wieder Rüdiger von 12 bis 14 Uhr und
Maxi von 14 bis 16 Uhr. Sie könnten täglich oder wöchentlich
wechseln, wer am Morgen beginnt, oder wie die Gerichtstermine angesetzt werden.
Diese Einteilung ist sehr wichtig, damit die Sekretärinnen auch
planen können. Sie sollen halbtags arbeiten, dann hat jeder
Anwalt seine Schreibkraft für zwei Stunden für sich und weitere
zwei Stunden kann dann abgearbeitet werden, was so anfällt.
Alles eigentlich ganz logisch, die Anwälte pendeln hin und her,
die Angestellten kommen einmal am Tag. Es sind dann immer
höchstens drei Personen in der Kanzlei, damit kann der notwendige Abstand leicht eingehalten werden. Die Klientenkontakte
sollten telefonisch oder per Email abgewickelt werden. Notwendige Besuche werden direkt ins Besucherzimmer eingelassen,
damit sie nur mit ihrem Anwalt in Kontakt kommen, natürlich
mit dem nötigen Abstand.
Das klingt alles ganz gut, Maxi ruft ihren Partner an, um ihn
erst mal freundlich zu begrüßen.

Ausweglos

Seine Begrüßung fällt so unerwartet wie logisch aus.

„Was hast Du Dir denn da so gedacht, Maxi? Die Konten sind alle im Minus. Hier erwartet mich eine Katastrophe und Du machst Ausflüge!"

Maximiliane hält inne, was soll sie zu ihm sagen? Zuerst ringt sie mit Verständnis. Schließlich war er gewaltsam davon abgehalten, hier vor Ort zu sein.

„Mach einfach Rüdiger, du wirst es schon richten", gibt sie beiläufig zur Antwort. Sie will sich auf nichts einlassen, sie lässt ihn erst einmal jammern. Natürlich in dem Bewusstsein, dass ihn diese Bemerkung noch mehr in Rage bringt.

Schließlich ist sie selbst schwer betroffen. Eigentlich müsste sie sich beschweren, denn Rüdiger hat sie in der Krise alleine gelassen.

Maximiliane ist so weit abgeklärt und in diesem Schlamassel angekommen, dass alles an ihr abtropft wie Regenwasser. Sie hat Verständnis für ihren Partner, er ist männlich und muss erst einmal kräftig Wellen schlagen.

Eigentlich amüsiert sie sich über seine Reaktion. Sie kommt gar nicht auf die Idee, ihn zu beschwichtigen. Die Lage ist derartig ausweglos, sie ist belustigt über Rüdigers hilfloses Klagen. Vielleicht ist sie schon weiter mit der Einschätzung der Situation und dem Bewusstsein, dass es nur schlimmer werden kann.

Als Rüdiger bemerkt, dass Maxi nicht mitspielt bei der Panikmache, schwenkt er ein. Er gibt sich kollegial, er versucht es mit Lagebesprechung, als würde er den Ausweg schon kennen.

Maxi gibt ihm in jeder Hinsicht Recht, sie ist sich absolut sicher, alles ist vollkommen sinnlos. Es gibt für sie keine Problemlösung, die Katastrophe geht ihren Weg, sie akzeptiert was unausweichlich ist.

Rüdiger muss sich erst akklimatisieren und selber ausprobieren, was möglich ist.

Sein Corona-Test ist noch nicht ausgewertet, da steht Rüdiger schon in der Kanzlei. Seine zwei Sekretärinnen begrüßen ihn mit Mundschutz und gebührendem Abstand. Dass die beiden grinsen kann er gar nicht sehen.

Er fordert sofort eine Auflistung der Außenstände und die Akten der laufenden Verfahren. Alles ist schon vorbereitet und liegt auf seinem Schreibtisch. Die Anrufe bei den säumigen Mandanten tätigt er selbst. Beim vierten Gespräch verdüstert sich sein Gesicht, er verliert den Elan und stoppt seine Aktivitäten.

Seine besten Mandanten, mit denen er sogar befreundet ist, geben ganz offen zu, sie stehen vor der Insolvenz. Es gibt momentan eine Schonfrist, in der Zahlungsunfähigkeiten nicht sofort angezeigt werden müssen. Man hofft, das Blatt könnte sich doch für den einen oder anderen Betrieb zum Guten wenden. Aber eigentlich ist die Sache mehr als klar, keine Einnahmen und laufende Unkosten führen in die Pleite.

Rüdiger tritt aus seinem Büro, stellt sich auf den Flur, bittet die Sekretärinnen zu sich, um zu fragen:

„Ja meine Damen, wie sehen Sie die Situation?"

Keine bringt ein Wort heraus, sie zucken mit den Schultern und senken den Kopf.

„Jetzt geben wir uns jede Mühe mit den neuen Aufträgen. An die Arbeit! Legen Sie mir die Unterlagen vor."

Es gibt einen hohen Stapel mit Anfragen von Mandanten. Sie beauftragen ihn, ausstehendes Geld einzutreiben, oder ihnen beim Konkurs beizustehen.

Aber wer hilft ihm?

Die Realität holt Rüdiger erbarmungslos ein. Seine wunderschönen Schriftsätze waren für die Katz, die Sachlage verändert sich laufend. Er beschließt, die Kanzlei heute zu verlassen und erst einmal sein Testergebnis abzuwarten. Den Damen gibt er für den Tag frei. Er will einen Krisenplan schmieden.

Maxi wähnt sich sicher, Rüdiger wird sich wieder einfinden im Alltag. Sie tritt ihre Schicht an und arbeitet ihre Fälle ab.

Sie hat mehr hilfesuchende Mandanten als Rüdiger, es sind vor allem aktuelle, kleine Streitfälle von bürgerlichen Mandanten. Nachbarschaftsklagen, Verkehrsunfälle, Scheidungen.
Kleinere Streitsachen, die viel Arbeit machen, aber wenig Geld bringen. Doch es ist Arbeit, eine reale Stütze in der schwierigen Zeit. Ein ganz wichtiges Standbein für die Kanzlei.
Es wird sie kaum über Wasser halten, aber die Unkosten abfangen. Sie kann Rüdiger einige Fälle abgeben, damit alles mit größter Sorgfalt und großer Zufriedenheit der Klienten abgearbeitet werden kann.
Sie sehen in den unattraktiven Streitfällen eine Möglichkeit, die Durststrecke zu überbrücken. Aber leider machen sie die Rechnung ohne den Wirt, denn auch die Gerichte haben Sand im Getriebe. Termine werden spät angesetzt und dann auch noch verschoben, Fristen werden grundlos verlängert, ganz nach Belieben. Man tritt weitgehend auf der Stelle.
Sie schaltet wieder einen Gang zurück. Maxi übt sich in Gelassenheit. Rüdiger ist Corona-frei getestet und gibt sich zufrieden mit dem Abarbeiten der kleinen Brötchen. Er macht es sogar mit großer Hingabe, das befriedigt seinen Ehrgeiz und gibt ihm etwas Genugtuung. Wer weiß, vielleicht zahlt sich dieser Klientenservice irgendwann aus?
Die großen Mühlen im Weltgetriebe kommen zum Stehen, die kleinen Räder drehen sich weiter.

Sehnsucht nach dem Crash

Maxi hat es in der Schule gelernt, jede große Kultur blüht auf, schießt über das Ziel hinaus und geht zu Ende. Ist es jetzt soweit für die aktuelle Zeit mit ihrer überbordenden Konsumgesellschaft?

Ein großes Unbehagen quält sie schon lange, die Unzufriedenheit der Menschen, das Wettrüsten der Nationen, die Zerstörung des Planeten, der gedankenlose Verbrauch der Ressourcen, das Leben im Hamsterrad.

Sie ertappt sich bei dem Wunsch, das alles sollte beendet werden. Freut sich sogar insgeheim über den abrupten Stillstand.

Sie will sich diese Gedanken nicht wirklich genehmigen, zu vielen Menschen wird großes Leid zugefügt. Aber könnte sich ohne Katastrophe etwas ändern? Nein! Davon ist Maxi überzeugt.

Gibt es eine höhere Gewalt? Eine Rache der Natur? Einen Fingerzeig Gottes? Das alles beschäftigt Maxi mehr als die missliche Situation in der Kanzlei.

Es bleibt ohnehin nichts anderes übrig, sie akzeptiert die Veränderungen und erkennt die Ausweglosigkeit.

Vielleicht hat sie es von der Oma gelernt? Sie will wissen, wie es weitergehen könnte in der Zukunft. Seher bedienen dieses Interesse, darum beschäftigt sie sich mit ihnen.

Für Maxi zeichnet es sich immer mehr ab, sie erlebt gerade die Erfüllung von Prophezeiungen. Sie lebt mitten in der heraufziehende Katastrophe.

Die Büchlein der Großmutter werden zu Rate gezogen und studiert. Sie fragt sich, gibt es ein Vorwissen von zukünftigen Ereignissen?

Warum sehen Menschen, die weit weg von Bildung in abgeschiedenen Regionen leben, zukünftige Ereignisse voraus, die nie auf ihrem eigenen Intellekt wachsen konnten? Sie beschreiben Szenarien, die in ihrer gegenwärtigen Situation niemals zu erwarten waren. Können sie sich auf eine andere Zeitebene versetzen und Ereignisse erkennen, wenn auch nur schemenhaft und in Bruchstücken?

Es gibt wohl keine wissenschaftliche Erklärung. Maxi zweifelt insgeheim nicht an der Existenz dieser Phänomene, sie haben immer schon das Interesse der Menschen auf sich gezogen. Jedem ist es überlassen, wie er damit umgeht.

Der eine Mensch hat diese Gabe des Sehens, der andere nicht. Mancher beschäftigt sich damit, andere halten es für Scharlatanerie.

Vielleicht sollen die Prophezeiungen eine Warnung sein, damit ihr Eintreten abgewendet wird. Unserer Neugierde liegt die Sehnsucht nach Frieden und Geborgenheit zugrunde.

Maxi verfolgt die Aktivitäten von Fridays for Future sehr genau, nimmt auch an Veranstaltungen teil, wenn es ihr möglich ist. Zur Zeit fallen auch die Demonstrationen aus, die Pandemie arbeitet allerdings der Initiative der Jugend zu.

Greta Thunberg sieht sich bestätigt und meldet sich immer wieder zu Wort, um ihren Kampf in Erinnerung zu halten. Es tut sich auch viel im Bundestag, die unglaubliche Hilflosigkeit der Politiker wird sichtbar.

Vernunft scheint um sich zu greifen. Nur Elektroautos sollen gefördert und die Wasserstoff-Technologie ausgebaut werden. Endlich, Maxi fühlt eine innere Genugtuung.

Ihr morgendlicher Rundgang im Garten holt sie in die Realität zurück.

Die Pflanzen entwickeln sich anders als üblich, das Wachstum scheint fast zum Stillstand zu kommen. Knospen öffnen sich lange nicht, Blüten sterben schneller und werden braun. Die Witterung macht den Pflanzen zu schaffen, es gibt lange Dürreperioden, heftige Regenschauer, kalte Nächte, heiße Tage. Der Stress für die Pflanzen wird sichtbar, allerdings nur, wenn man genau beobachtet und mit der Natur im Einklang ist.

Der Klimawandel greift um sich, wird immer deutlicher und verstärkt die Ausweglosigkeit der Corona-Krise.

Maxi spürt wieder das Unbehagen, obwohl die Vögel singen und ein leichter Sprühregen alles benetzt und Normalität vorgaukelt.
Sie spürt ein Unheil auf die Menschheit zukommen.
Was hat der Mühlhiasl gemeint, wenn er prophezeit:

„Wenn d'Leut nichts mehr tun als fressen und saufen."
„Wenn die Bauersleut mit gwichsten Schuhen in der Miststatt stehen."
„Wenn die Bauersleut Kuchen essen und ihre Gockerl und Enten selber fressen."
„Wenn alle Grenzraine (Avanter) umgeackert und alle Stauern (Hecken) ausgehauen werden."
„Wenn die Bauersleut sich gwanden wie die Städter und politisieren."
„Nachher is nimmer weit hin."

Für Maxi ist der Bezug zur Realität durchaus gegeben.
Die Menschen um sie herum leben im Überfluss.
Die Landwirtschaft wird automatisiert und vom Computer aus gesteuert.
Die Flurbereinigung hat große Agrarwüsten geschaffen, mit Monokulturen, die nur mit Chemie und Insektengift erfolgreich bewirtschaftet werden können.
Die Landwirte haben den gleichen Lebensstil wie die Städter.
Nicht mehr der Bezug zur Natur ist Leitfaden für die Landwirtschaft, sondern die politisch geförderte Agrarlobby.
Landwirtschaftspolitik wird mit Aktentasche und im Nadelstreifenanzug gemacht.
Er konnte wirklich nicht wissen, dass in Ställen nicht mehr eingestreut wird, dass die Tiere auf Spaltenböden stehen und dass es keine Miststatt mehr gibt. Niemand konnte auch nur ahnen, dass der Landwirt sein Vieh am Computer überwacht, wie viel es frisst, wie viel Milch es gibt, wann das Schlachtgewicht erreicht ist und wann es trächtig werden kann.

Theaterkulisse an der Mühle in Apoig (Hunderdorf)

Hühner, Sauen und Rindvieh werden in Großschlachtereien verarbeitet und dann im Supermarkt gekauft, auch vom Landwirt.

Der Mühlhiasl war legendär, ein Waldprophet, der sogenannte Nostradamus aus dem Bayerischen Wald.
Seine Vorhersagen sind zu seinen Lebzeiten nicht aufgeschrieben worden. Seine Prophezeiungen waren so eindringlich und berührten die Bewohner des Bayerischen Waldes so sehr, dass sie einhundert Jahre lang mündlich weitergegeben wurden.
Mühlhiasl wurde 1753, am 16. September in Apoig, heute Hunderdorf, geboren. Dieses Datum ist laut amtlichem Geburtsregister zweifelsfrei bestätigt. Er war der Sohn des Müllers Matthias Lang und hieß Matthäus Lang, daraus wurde Mühlhiasl.
Er gab seine Prophezeiungen immer ungefragt von sich und beendete sie immer mit den Worten: *„Kein Mensch will's glauben!"*
Der Mühlhiasl wurde hoch geachtet, aber auch verspottet. Er soll sich bei seinen Vorhersagen sehr gewählt ausgedrückt und einen gebildeten Eindruck hinterlassen haben.
Für sein Sehen suchte er bestimmte Kraftorte auf, wie die Klosterkirche Windberg. Dort bewirtschaftete er die Mühle der Mönche in Apoig, sie lag am Fuße des Klosters Windberg.
Die Worte des Mühlhiasl sind erst 1923, einhundert Jahre später, aufgeschrieben und veröffentlicht worden. Er soll die beiden Weltkriege auf den Tag genau vorhergesagt haben.
Seine Prophezeiungen bezogen sich damals auf eine ferne Zukunft, auf unsere heutige Zeit. Sie treffen Aussagen, die damals gar nicht denkbar waren.

Weil der Mühlhiasl vielleicht kein Scharlatan war, interessiert sich Maxi für ihn. Oder war er doch nur ein Mythos?
Seine Vorhersagen entschleunigen die schnelllebige Zeit, sie geben Anlass zum Nachdenken.

„Das hat was", denkt sich Maximiliane. Denn Besinnung tut der Menschheit gut. Sicher kann Nutzen daraus gezogen werden.

Nicht nur sie wünscht sich in dieser Pandemiekatastrophe mehr Bodenhaftung. Bei der Jugend ist die Entschleunigung längst angekommen.

Demonstrationen sind an der Tagesordnung. Tausende gehen auf die Straßen für Umweltschutz, gegen Rassismus, für die Grundrechte.

Maxi will hoffnungsvoll nach vorne schauen, nicht resignieren und jammern, wenn auch die Aussagen der Propheten nichts Gutes ahnen lassen.

So ernst will sie es dann doch nicht nehmen. Was vorausgesehen wird, muss noch lange nicht eintreten.

Zu denken gibt ihr allerdings die Tatsache, dass alle Seher ein Unheil in der aktuellen Zeit festmachen. Ganz große Umbrüche, die schrecklichsten Szenarien werden gesehen, vom Mühlhiasl, von Nostradamus, vom Irlmaier oder wie sie alle heißen.

Vom schlingernden Erdenball bis zur tagelangen Finsternis ist alles dabei. Von vielen Toten, der Dezimierung der Weltbevölkerung und von giftigen Nebeln wird prophezeit.

Danach kommt nichts mehr.

Es ist ausgesprochen bedenklich, alle Weissagungen greifen wie ein Zahnrad ineinander und weisen auf die heutige Zeit hin.

Vielleicht kann es ein Trost sein, dass die Überlebenden eine glückliche Zeit haben werden.

Aktuell sind alle Menschen verunsichert, keiner kann sich entziehen, auf der ganzen Welt.

Freilich denken die wenigsten an Prophezeiungen. Es ist der schleichende wirtschaftliche Zusammenbruch, der die Ausweglosigkeit der Situation bewusst macht.

Die Politiker rudern hilflos im Chaos herum. Sie sind zu lange überfälligen Reformen bereit. Man denkt über ein Grundeinkommen nach, oder über die Verstaatlichung von Lufthansa und Banken. Wie man es auch drehen und wenden mag, eine Lösung der Notsituation ist nicht in Sicht.

Maxi ist verunsichert mit der Lektüre, sie geht durch den Garten um nach ihren Rosen zu sehen. Gerade die ganz edlen Sorten mit den großen Blüten öffnen ihre Knospen lange nicht. Ungewöhnlich lange, doch sobald sich eine Blüte öffnen will, werden die Aussenblätter braun. Die Rose verwelkt im Wachsen.
Ein Phänomen, das sie so noch nicht erlebt hat.

Was ist los mit der Natur? Gibt es zur Pandemie beim Menschen auch noch eine Pflanzenkrankheit?
Depressive Gedanken schleichen sich bei ihr ein.
Zum Glück kommt ihre Freundin Gabi, sie hat sie eingeladen und leckeren Kuchen in ihrer Lieblingsbäckerei eingekauft. Der Ratsch wird ihre düsteren Gedanken aufhellen. Ein schöner Kaffeetisch ist gedeckt. Die beiden haben sich an der Uni kennengelernt und halten sporadisch Kontakt. Die Corona-Zeit gibt wieder Gelegenheit, sich auszutauschen.
Beide haben Bedarf nach Normalität und Lust auf Gespräche. Die strengen Kontaktregelungen sind gelockert, man trifft sich wieder in kleiner Runde. Maxi hat immer noch ihr Rosenproblem im Kopf und zeigt ihrer Freundin die Misere mit den Blüten.
Gabi ist verzaubert vom naturbelassenen Garten, sie schlendern entspannt herum, dabei bemerkt Maxi, dass es hunderte Rosenblüten bei ihr gibt, die normal entwickelt sind.
Ihr Weltbild rückt sich wieder etwas zurecht, doch ihre schönsten Rosen, mit den größten Blüten, zeigen sich wie vermummt und angewelkt.
Gabi kennt das Problem von ihren Rosen und hat sich bereits kundig gemacht. Es ist die stressige Witterung, lange kühle Perioden mit viel Nässe und dann wieder große Hitze, das lässt die Blüten ungeöffnet absterben.
„Schneide diese verdorbenen Blüten einfach ab, es werden neue, wunderschöne nachkommen", rät Gabi.
Die Welt ist wieder in Ordnung, Maxi holt sofort die Gartenschere und schneidet das Übel ab, damit keine Zeit verloren geht und die Pflanze neu nachtreibt. Schon ist sie wieder im

Erwartungsmodus und wird täglich beobachten, ob es endlich so weit ist mit der Prachtblüte. Hoffentlich wird sie nicht wieder enttäuscht.

Doch darüber machen sich die Freundinnen keine Gedanken, sie starten mit einem Glas Sekt auf der Terrasse.

Die abgeschnittenen Rosenköpfe dürfen aufgedröselt in einer Schale mit Wasser schwimmen. Sobald die äußeren braunen Blätter entfernt sind, kommt die Blüte zum Vorschein und entfaltet einen herrlichen Duft. Der Kaffeetisch wird zum Rosentraum.

Die Freundinnen plaudern über vergangene Zeiten und genießen den Kaffee mit Rosenduft.

Mit den Einschätzungen zur Corona-Krise kommen sie unweigerlich auch auf den Mühlhiasl. Es ist nicht von der Hand zu weisen, die düsteren Vorhersagen von ihm lassen Maxi erschauern:

„Eine Zeit kommt, wo die Welt abgeräumt wird und die Menschen weniger werden."

Doch Gabi ist Realist, sie kommt durch diese Aussagen des Mühlhiasls auch ins Grübeln, sie fasst sich kurz und entgegnet: „Das Irren gehört zum Geschäft der Prognostiker und Propheten."

„Jede Epoche rechnet mit der Apokalypse."

„Schon immer wurden düstere Gemälde gezeichnet, von nicht funktionierenden Welten."

Gabi Münter ist Journalistin, sie hat sofort klare Gegenargumente zur Hand. Sie arbeitet viel im Ausland, zuletzt in Spanien und England.

Die Pandemie hat sie auch nahezu arbeitslos gemacht, Gabi hält sich mit kleinen Reportagen vor Ort über Wasser. Seit drei Monaten kann sie nicht mehr verreisen.

„Es hat doch seine guten Seiten", scherzt Gabi. „Wir haben Zeit zum Ratschen und genießen den schönen Tag."

Sie wird aber doch nachdenklich, die letzten Bilder von den ausgehobenen Gräbern in Brasilien und auch in den USA sind brutale Tatsachen.

Warum hat dieser einfache Mann vor mehr als zweihundert Jahren diese Eingebungen vom Massensterben der Weltbevölkerung gehabt. Die Globalisierung war damals kein Thema, Passagierflugzeuge gab es nicht, seine Welt endete im Bayerischen Wald.

Dieser Mühlhiasl gibt ihr doch Grund zum Nachdenken.

Gabi hat plötzlich auch Eingebungen, die Journalistin hat sozusagen Blut geleckt. Sie bekommt Lust, über diese Phänomene zu schreiben. Gabi kann Recherchen anstellen und interessante Artikel schreiben und sicher gut verkaufen.

Das Thema trifft den Nerv der Zeit, es kommt jetzt super an. Und überhaupt, warum haben alle Seher eine Katastrophe in dieser Zeit vorhergesagt? Jetzt ist man mittendrin in der Seuchenszene und verfällt in eine Art Schockstarre, jetzt sind Artikel über Vorhersagungen genau richtig.

Die Leser wollen Antworten, wenn es auch nur Geschichten sind, Abhandlungen über die Prophezeiungen, die ja tatsächlich in der heutigen Zeit wahr werden könnten.

Wenn sie es geschickt anstellt, ist sie voll im Geschäft.

Gabi ist jetzt nicht mehr zu bremsen, sie fährt voll ab auf die Propheten-Geschichten.

Maxi muss von ihrer Großmutter erzählen, alles ist für Gabi von größtem Interesse. Schnell kommen die Freundinnen auf die Anni, das sogenannte Moser-Weibl, das im Austragshäusl beim Basti wohnt. Sie ist eine der letzten lebenden Prophezeiungs-Besessenen, sozusagen ein Original.

Maxi muss alles berichten, von dem romantischen Häuschen, dem Kirchenblick von der Stube aus, von der ungebremsten Bereitschaft der Greisin zum Weitergeben der Vorhersagungen, von ihren zahllosen Büchern über die Seher.

Gabi ist gleich voll in ihrer Reportage, sie will unbedingt einen Besuch machen für ausgedehnte Interviews mit dem Moser -Weiberl Anni.

Maxi wird es arrangieren, sie lässt ihre Freundin vorerst in ihren Hellseher-Bücherln schmökern, die sie ohnehin gerade zur Hand hat.

Kaum hat sie ein Buch aufgeschlagen, kommt Gabi ins Stocken, sie liest eine Stelle aus einem Buch vor:

„Es wird eine große Heersäule von Osten kommen. Es geht alles ganz schnell. Die Bauern sitzen beim Kartenspielen im Wirtshaus, da schauen die fremden Soldaten beim Fenster herein. "

„Das ist eine Weissagung von Alois Irlmaier", Maxi hat diese Stelle auch schon gelesen.

„Zuerst habe ich mir gedacht, das ist aber sehr unwahrscheinlich, das kann doch heutzutage wirklich nicht passieren, doch dann ist mir eine Erleuchtung gekommen. Das sind keine Soldaten, sondern die Corona-Viren. Sie kommen unerwartet und sind auf einmal da."

Gabi bekommt eine Gänsehaut. Blass nippt sie von ihrem Kaffee. „Wenn man sich da so hineindenkt, kann man es mit der Angst bekommen."

„Ich muss unbedingt weiter recherchieren!"

Sie liest wieder laut aus einem Büchlein vor:

„Es werden allerorten neue Einrichtungen da sein; die alten würden viel besser sein. Die alte Kleidertracht wird abkommen. Der Bürger wird sich vom Bauern und der Edelmann vom Bürger nicht mehr unterscheiden. Und die Tracht wird sich in eine Narrentracht verändern. Die Weibsbilder werden sich gespüren mit ihren Schuhen wie die Ziegen oder Geiß. Im Wald werden große Häuser wie Paläst' gebaut und mit der Zeit wieder zu nichts werden. "

„Da hast Du jetzt viel zu interpretieren", schmunzelt Maxi und schenkt den Kaffee nach.

Jede Freundin hat eine gute Erklärung zu den Texten. Die neuen Einrichtungen könnten das Internet sein, viele wollen nicht damit umgehen und bleiben bei den gewohnten Tätigkeiten, wie das Erledigen der Bankgeschäfte am Schalter.

Tracht zieht kein Mensch mehr an im Alltag. Nur zu Volksfesten und Feiern werden Dirndl und Lederhosen wie ein Kostüm getragen, mit tiefem Ausschnitt, mit Gold- und Silberstoffen, mit Stöckelschuhen, die Lederhosen zu tätowierten Wadeln, eine volkstümliche Gaudi, ohne echten bäuerlichen Hintergrund.

Im Bayerischen Wald werden große, prächtige Wellness-Hotels gebaut, die überhaupt nicht in die Landschaft passen.

Gerade jetzt zu Corona-Zeiten bangen sie ums Überleben, die Gäste bleiben aus.

Gabi findet: „Jetzt ist es mir genug. Mir läufts ganz schaurig den Rücken hinunter."

Maxi schlägt einen Themenwechsel vor. Sie erzählt von der schlechten Geschäftslage in der Kanzlei. Rüdiger und sie strampeln sich ab, nur um die Unkosten decken zu können. Wie gut es ist, dass sie Rücklagen haben, um ihr gewohntes Leben weiterzuführen. Die Flaute können sie bisher gut überwinden, aber wie wird es weitergehen? Wie lange wird der Shutdown dauern? Wird es ihre Kanzlei noch geben, wenn dieser Spuk vorbei ist?

Doch Gabi ist nicht so recht bei der Sache, sie denkt sich schon hinein in ihre Reportagen. Kaum hat sie sich vom ersten Schrecken erholt, will sie mit der Arbeit beginnen. Sie plant, wem sie die Texte anbietet, wie sie an interessantes Material kommt. Sie ist durch und durch Journalistin, sie will schreiben, sie muss schreiben, sonst verdient sie kein Geld.

Maxi bemerkt die Unkonzentriertheit und schlägt vor, einen Termin beim Moser-Weibl auszumachen. Jetzt ist Gabi wieder voll bei der Sache und bekommt ein Leuchten in den Augen. Die Anni hat kein Telefon, Maxi muss bei Sebastian anrufen, sein Geburtstag ist auch nicht mehr weit.

Doch bei Sebanstian Langer wird das Telefon nicht abgenommen. Maxi wundert sich und versucht die Praxis anzuwählen, doch auch hier meldet sich nur der Anrufbeantworter.

Seltsam, sie wendet sich wieder ihrer Freundin zu.

Gabi ist voll am Arbeiten, konzentriert traktiert sie ihren Notizblock, den sie immer mit sich führt, um Gedanken festzuhalten. Sie ist damit beschäftigt, den ersten Artikel zu schreiben. Telefoniert hat sie auch schon, mit Zeitungen, die Bedarf haben könnten. Und siehe da, sie haben Interesse, großes Interesse. Sofort bricht der Arbeitseifer bei Gabi aus. Sie wittert eine Erfolgsserie, eine tolle Chance diese Corona-Zeit aufzugreifen. Gabi wird es nutzen, sie ist sozusagen schon mittendrin.

Sie schreibt über die neuen Einrichtungen, es könnten die Einkäufe über das Internet sein, die neue digitale Welt. Obwohl man erkennt, dass die Tante Emma Läden durchaus ihren Charme hatten. Es gehen den Menschen viele Kontaktmöglichkeiten verloren, eine Entschleunigung im Alltag wäre durchaus sinnvoll. Der Plausch im Laden, der kurze Weg zu Fuß, die leuchtenden Kinderaugen, wenn sie sich einen Lutscher um die Ecke holen dürfen, oder ein Eis auf der Waffel. Die Plastikverpackungen würden wegfallen, der Einkauf könnte ohne Auto erfolgen, man würde mehr zu Fuß gehen und sich den Besuch im Fitnessstudio sparen. Das Kochen ohne Fertigprodukte wäre viel gesünder, und und und...

Wollte der Mühlhiasl mit seinen Prophezeiungen zur Vernunft mahnen?

Durchaus, finden die Freundinnen. Schon geht es weiter, Gabi liest den nächsten Text aus dem kleinen Büchel.

„Da werden Häuser gebaut, nichts wie Häuser, Schulhäuser wie Paläste. In den Städten bauen sie Häuser, hohe Häuser, und davor kloane Häusl wie Impenstöcke oder Pilze, eins am anderen, schneeweiße Häuser mit glänzenden Dächern."

„Das gibts doch nicht, niemand hat zu seiner Zeit etwas von Solardächern geahnt, oder von weißen Reihenhaussiedlungen mit lauter gleichen kleinen Häuschen", stellen die Freundinnen fest.

Der Bauboom hat längst eingesetzt, die Häuser werden immer größer, Banken, Firmensitze und Regierungsgebäude werden immer palastähnlicher.
Zu Mühlhiasls Zeiten gab es nur Stroh- und Schindel-Dächer.
„Schau, da gehts ja noch weiter!" Gabi liest:

„Wenn alles baut, nix wie baut wird, überall wird gebaut, ganze Reihen wern baut. Der Gäuboden prangt mit schneeweiße Häuser. Die Leut richten sich ein, als ob sie nimmer fort wollten. Aber dann wird abgräumt.
Und dann ist es aus. Dann kommt der große Krieg. "

Gabi wird ganz kleinlaut und will relativieren, doch dann kommt es weiter:

„Kurze Sommer werden kommen. Winter und Sommer wird man nicht mehr auseinanderkennen. - Weil die Sommer so kalt und die Winter so warm sein werden. "

Maxi überlegt: „Gestern Abend habe ich noch eingeheizt, weil es so kalt war, immerhin haben wir Juni."
„Das ist die Schafskälte!", meint Gabi. „Aber es stimmt schon, das Wetter ist sehr wechselhaft, denk an deine Rosen. Wenn es warm wird, dann gibt es gleich eine Hitzeperiode, die nicht mehr zu ertragen ist."
Beide Freundinnen haben schon ein Jäckchen übergezogen, sie beschließen, im Haus weiterzureden. Ein heftiges Unwetter zieht herauf, das Thermometer zeigt 18 Grad. Dabei schreibt man den 20. Juni 2020. Morgen ist Badewetter angesagt, die Lufttemperatur fällt in der Nacht auf 8 Grad. Wie soll da ein Gewässer warm werden. Doch die Menschen werden sich an die Ufer der Badeseen stürzen, auf der Suche nach etwas Normalität. Die Schwimmbäder sind wegen der Pandemie noch geschlossen.
Im größten Freibad der Stadt kann mit Abstand in abgetrennten Reihen im Aussenbereich geschwommen werden. Nur eine

begrenzte Anzahl von Besuchern wird eingelassen. Die Innenbecken, die Maxi anstrebt, sind noch geschlossen.

Maxi erinnert sich an den letzten Sommer, es herrschte ein wüstenähnliches Klima, die Nächte waren kalt, die Tage warm. Bis dann die große Hitzewelle kam, unerträglich, das war dann der Sommer.

Die zwei sitzen betröppelt da, sie sind doch etwas deprimiert von den Entwicklungen. Da klingelt das Telefon.

Sonja ist dran, die Frau von Sebastian Langer. Sie bedauert, dass sie nicht daheim war, als Maxi angerufen hat. Es ist leider ein trauriger Umstand eingetreten, ihre Anni ist verstorben. Sie und Basti kommen gerade von der Beerdigung.

Sebastian ist gleich in die Praxis, es warten Patienten auf ihn. Seine Geburtstagsfeier wird natürlich ausfallen, schon wegen der Corona-Krise.

Anni hatte sich nicht mit dem Virus angesteckt, es wurde sofort ein Test veranlasst. Die Kirchenbesuche haben sich nicht als Fehler erwiesen, Anni hat alles richtig gemacht, sie war eine so gute Seele.

Wäre der Test positiv ausgefallen, müsste die Praxis geschlossen werden und sie alle stünden unter Quarantäne.

Es sprudelt nur so aus Sonja heraus, Maxi wartet ab um ihr Beileid ausdrücken zu können.

„Das tut mir sehr leid, die Anni war eine außergewöhnliche Frau. Ich wollte sie aufsuchen und mit meiner Freundin Gabi Münter bekannt machen. Gabi ist Journalistin und macht Reportagen über die Seher aus dem Bayerischen Wald im Bezug zur weltweiten Pandemie. Sie hatte sich so auf das Wissen der Moser Anni gefreut. Jetzt hat sie es leider mit ins Grab genommen."

Sonja vertröstet und schlägt einen Besuch vor, vielleicht ist es hilfreich, das Häusl von Anni zu durchforschen. Sie wird sich melden, wenn die ganze Aufregung überstanden ist.

Als Maximiliane vom Tod der Anni berichtet, ist Gabi wieder voll am Schreiben. Als sie begreift, was Maxi gesagt hat, legt sie den Notizblock beiseite und ist traurig. Sie hat Anni nicht einmal gekannt, darum geht es ihr zuerst um das erhoffte Interview, das jetzt nicht mehr stattfinden kann.

Als sie aber von einer Möglichkeit hört, das Häuschen von innen erleben zu können, ist sie schon wieder begeistert. Dann geht es doch weiter mit den Recherchen. Sicher lassen sich im Nachlass von der Anni interessante Sachen finden.

„Hoffentlich klappt es bald." Damit verabschiedet sich Gabi und eilt nach Hause. Noch heute Nacht soll der erste Artikel zum Thema „Waldseher" hinausgehen.

Auch Maxi freut sich auf den Besuch bei Sebastian mit der Besichtigung des Austragshäusels.

Theaterkulisse an der Mühle in Apoig (Hunderdorf)

Austragshäusl

Der nächste Tag läuft im gewohnten Prozedere ab. In der Kanzlei werden die Alltagsprobleme streitbarer Zeitgenossen sorgfältig abgearbeitet. Die Verzögerungen bei Gericht gehören längst zum Planungsablauf.

Maximiliane und Rüdiger einigen sich darauf, jeweils eine Sekretärin zu entlassen. Die strengen Hygienemaßnahmen werden immer mehr vernachlässigt, man sitzt munter zusammen in der Kaffeeküche und gibt sich gelassen. Eine gewisse Leichtigkeit überspielt den Ernst der Lage.

Gerade Rüdiger amüsiert sich über die Kleinkariertheit seiner Mandanten, die Gründe für Streitigkeiten werden immer banaler. Zumindest hatte er sich vor der Krise mit diesem Kleinkram nicht befasst. Nun arbeitet er alles der Reihe nach ab, so können sich die Zeiten ändern. Die Kanzleigemeinschaft gibt sich oberflächlich amüsiert, ein Ende der Misere ist nicht in Sicht.

Nach Kanzleischluss erledigt Maxi noch einige Einkäufe. In der Apotheke muss sie mit Mundschutz vor dem Eingang warten. Es müssen 2m Abstand eingehalten werden, im Verkaufsraum dürfen sich nur drei Kunden gleichzeitig aufhalten. Die anderen warten draußen in der Reihe mit den vorgeschriebenen Abständen. Als sie drankommt, gestaltet sich die Unterhaltung mit der Apothekerin durchaus umständlich, beide tragen einen Mundschutz und sind durch eine Plexiglaswand getrennt.

Eine Unterhaltung wird ohnehin vermieden unter den erschwerenden Umständen. Ein Lächeln könnte gar nicht erkannt werden, es versteckt sich hinter dem Mundschutz.

Auch im Supermarkt greifen die Hygienemaßnahmen. Maxi platziert ihren Mundschutz, holt die Chipmarke für den Einkaufswagen aus ihrer Tasche und ein Desinfektionsspray für die Wagengriffe. Sie schützt sich so gut es geht, schließlich ist sie seit Wochen daran gewöhnt. Im Geschäft sieht man von den anderen Kunden lediglich die Augen, notwendige

Abstände können hier nicht immer eingehalten werden. Die Kunden schieben sich stoisch aneinander vorbei, kontaktlos und anonym.

Maxi manövriert ihren Einkaufswagen durch eine Engstelle, als ihr Handy hupt. Sobald sie einen ruhigeren Fleck erreicht hat, schaut sie nach. Es ist eine Whatsapp von Sebastian Langer aus dem Bayerischen Vorwald.

„Liebe Maxi, entschuldige, dass ich gestern nicht am Telefon war. Komm doch morgen Nachmittag mit deiner Freundin zum Kaffee. Wir backen Kuchen."

Maxi antwortet sofort: „Freu mich!" Ihre Stimmung hebt sich gleich und sie gibt die Nachricht an Gabi weiter.

Was so eine Aussicht auf eine Abwechslung für eine Stimmungsaufhellung bewirken kann! Die Antwort der Journalistin kommt postwendend.

„Hole Dich morgen um 14 Uhr ab, den ersten Artikel hast Du schon per Email, bitte begutachten!"

„Das läuft ja jetzt", denkt sich Maxi und teilt sich im Kopf die Kanzleiarbeit für den nächsten Tag ein. Sie wird sich den Nachmittag freischaufeln, komme was wolle.

In den Einkaufswagen wandert noch eine schöne Flasche Wein, zum Anstoßen mit sich selbst auf den nächsten Tag.

Sie darf zuhause nicht vergessen, den gemailten Artikel zu lesen, Gabi wäre enttäuscht, wenn sie keine Meinung dazu bekäme.

Die düsteren Visionen aus dem Wald!
Teil 1

von Gabi Münter

Auf einem Totenbrett bei Arnbruck stand geschrieben:
„Bilde dir ja nicht ein, du wärst hier allein. Man hat auf dieser Welt dir
Geister zugestellt."

Es ist eine karge und arme Landschaft, dieser traurigschöne, schwermütige, Bayerische Wald. In vergangenen Zeiten lebten die Menschen zurückgezogen in den Einöden und kleinen Dörfern, sie mussten um ihre Existenz kämpfen, sie beschäftigten sich viel mit ihrem Schicksal.

In den niedrigen, dunklen Stuben der Bauersleut wurden die Bräuche bewahrt und Geschichten weitererzählt. Dass dort das zweite Gesicht des öfteren vorkam ist kein Wunder. Wer etwas Besonderes vorhergesagt oder Geister gesehen hatte, wo keine waren, der wurde gefürchtet oder neugierig beäugt.

Diese Waldgegend brachte auch Seher hervor, die durchaus ernst zu nehmen waren, ihre Prophezeiungen bewahrheiteten sich tatsächlich. Sie sagten Schicksalsschläge voraus, die genauso eintrafen.

Die Vorhersagen des Mühlhiasl verbreiteten sich einhundert Jahre lang nur durch mündliche Überlieferung.
Eine Vorhersage lautet:

„Auf der Straße von Cham über Stallwang nach Straubing kommen sie einmal heraus, die Rotjankerl..."

Damals lachten ihn die Bauersleut aus, in dieser unwirtlichen Gegend, würde niemals eine Straße gebaut.
Doch die Straße von Straubing über Stallwang nach Cham gibt es heute längst.
Man fragte den Hiasl, ob es Franzosen sind, die auf der Straße kommen.

„Nein, Franzosen sinds nicht, rote Hosen habens auch nicht an, aber die Roten sind's! - Wenn sie kommen, muss man davon-laufen, was man kann, und als Mundvorrat Brot mitnehmen. Wer drei Laib Brot dabei hat, und beim Laufen einen verliert, darf sich nicht bücken darum: so eilig ist es. Und wenn man den zweiten verliert, muss man ihn auch hinten lassen, denn man kann's auch mit einem Laib aushalten, weil es nicht lange dauern wird. -Die Berge werden ganz schwarz von Leuten - in einem Wirtshaus an einer Brücke werden viele Menschen beiei-nander sein, und draußen werden die Soldaten vorbeireiten."

Er beendete die Prophezeiung wie immer mit den Worten:

„Kein Mensch will's glauben."

Diese Prophezeiung lässt viel Spielraum für Interpretationen zu, sie muss aus den engen Verhältnissen, in denen Matthäus Lang lebte (geb.1753) in die reale Zeit umgedeutet werden.
P. Dr. Norbert Backmund, (* 23. September 1907 in Würz-burg;† 1. Februar 1987 in Windberg) war ein Prämonstratenser, Historiker und Heimatforscher. wagte die Interpretierung:

*Grauenvoll ist die in unsere Sprache übersetzte Schau des Wald-
prophet: Auf der Autobahn westwärts kommt die Autoschlange
der Flüchtenden ins Stocken und schließlich ganz zum Stehen
und wird von den einrückenden Panzerkolonnen niedergewalzt.*

Seit dieser Umdeutung von Backmund hat sich die Zeit wieder
verändert. Doch die Prophezeiung hat immer noch den gleichen
Wortlaut. Eine ganz neue Perspektive eröffnet sich.
Aus aktueller Sicht wage ich eine andere Interpretation:

Dieser Feind ist das Virus Covid 19. Es kommt aus dem Osten,
aus dem roten China und walzt alles nieder in der Wirtschaft,
besonders in der Autoindustrie.
Die Menschen sitzen in Quarantäne in ihren Unterkünften,
Pflegeheimen und Krankenhäusern zusammen.
Am Wichtigsten sind nicht Nahrung und Wertsachen, sondern
der Abstand zum Virus und zu infizierten Personen. Jeder
Mensch ist praktisch lebensbedrohlich.

Damit sind die Vorhersagen des Mühlhiasl in der heutigen Zeit
angekommen.
Aus vielen Vorahnungen der Seher sollte eine Warnung heraus-
gelesen werden. Eine Mahnung zur Umkehr und zum Glauben,
wie es die gottesfürchtige Zeit damals vorgab.

Die Vorhersagen können und sollen auch Positives bewirken,
lesen sie weiter im nächsten Artikel über die düsteren Visionen
aus dem Wald.

Pünktlich um 14 Uhr lenkt Gabi ihren Volvo an den Straßenrand vor Maximilianes Häuschen, sie wird schon erwartet. Maxi winkt aus dem Fester und wird sofort aus dem Haus kommen. Gabi braucht nicht aussteigen, denn Maxi erscheint mit einer guten Flasche Rotwein in der Hand am Gartentor, sie strahlt übers ganze Gesicht und steigt ein. Sie freuen sich auf die Fahrt, die ein echtes Abenteuer verspricht.

„Gut ist dein Artikel geworden, etwas abgefahren, aber interessant, genau das Richtige für die Corona-Zeit."

Gabi stimmt bei, sie hat schon die Rückmeldung der Zeitschrift, man ist begeistert und verlangt nach mehr.

„Läuft doch!", lobt Maxi und erzählt, was sie gerade in der Zeitung gelesen hat. In einer nahen Gemeinde sind die Jungvögel eines Storchenpaares eingegangen. Man vermutet, die Nächte waren zu kalt und die Eltern konnten wegen der schlechten Witterung nicht genug Futter finden.

„Das verdanken wir dem Klimawandel und dem Insektensterben", jammert Gabi.

Die Fallzahlen der mit Corona infizierten Menschen steigen auch wieder an. Die Lage ist ernst.

Doch die Freundinnen fahren durch die schöne Landschaft zu ihrem ländlichen Ziel und sind guter Dinge.

Die Rosen sind jetzt in voller Blüte, unter den Apfelbäumen ist der Tisch gedeckt, wie beim ersten Besuch.

Sonja winkt von ihrer Arbeitsterrasse, nimmt die Schürze ab und kommt ihnen entgegen. Sie umarmt Maxi, das signalisiert, ihr seid in der Corona-freien Zone angekommen. Gabi wird vorgestellt, ihr Blick richtet sich bereits neugierig auf das kleine Häusl.

„Ich sehe schon, ihr seid voll auf das Erbe unserer Anni fixiert", scherzt Sonja und führt die Besucherinnen gleich durch das Austragshäusl.

Die Haustüre steht offen, das Licht scheint durch die kleinen Fenster in den Hausflur. Gabi schleicht neugierig hinein, voller Spannung, als wäre sie auf Schatzsuche in einer unentdeckten Höhle. Es gibt nur wenig Räume, Sonja geht voraus in die Stube mit der gemütlichen Sitzecke und dem Herrgottswinkel. Gabi setzt sich andächtig auf die Bank, von der aus der Blick auf den Kirchturm fällt. Wie es der Zufall will, fangen die Glocken an zu läuten, Gabi verfällt in eine Art Trance, den Notizblock fest in der Hand.

„Jetzt ist sie schon voll in ihrem nächsten Artikel", entschuldigt Maxi und macht den Rundgang mit Sonja weiter. Sie lassen Gabi in ihrer Konzentration alleine zurück. Das Häuschen hat noch eine Waschkuchl, in der auch die Gefriertruhe steht. Weitere fünf Gickerl hätten der Anna das Überleben gesichert, wenn sie kein neues hätte schlachten können. Die Schlafkammer ist klein und gemütlich, darin steht ein altes hohes Bett, zwei Truhen und ein schön bemalter Bauernschrank. An den kleinen Fenstern hängen selbstbestickte Vorhänge. Sonja hat ein Blumensträußchen zum Andenken auf das Nachttischchen neben dem Bett gestellt. Eine reizende bunte Kreation aus dem Garten von Anni.

Es gibt noch ein stallähnliches Gemäuer, es wurde von Anni als Vorratskammer benutzt. Dort sind die Reste ihres Apfelvorrats vom letzten Jahr säuberlich in Holzregalen gelagert. An der nächsten Wand ist das Kartoffellager in einfachen Kisten. Weitere Regale sind gefüllt mit eingemachtem Obst in Gläsern. Ansonsten liegen fein gefaltete Säcke, Stoffbeutel mit Hühnerfedern, Truhen mit Hühnerfutter, Kartons mit Rosendünger und was man alles so braucht, ordentlich nebeneinander. Dieser Raum hat ein Gewölbe, aus Ziegelsteinen gemauert, von hier aus gelangt man auch in den Garten hinter dem Haus.

Dieses Fleckchen Erde ist von Anni bis zuletzt gepflegt worden, wer es betritt, sieht sich in eine Märchenwelt versetzt. An einem Brunnen sind Gießkannen aufgereiht, an der Hauswand unter dem Fenster mit Geranien steht ein Bankerl. Die Wege zwischen den Rabatten sind mit Steinen eingerahmt. Es gibt zwei Gemüsebeete mit Zwiebeln, Salat und Tomaten. Der größte Teil des Gärtleins ist den Blumen gewidmet. Anni war eine bodenständige Gärtnerin, sie hat alte Rosensorten bewahrt und mit passenden Stauden kombiniert. Wo ein Plätzchen frei

war, hat sie ein- und zweijährige Blumen gesetzt, die sie jedes Jahr vermehrt und neu platziert hat, damit kein Fleckerl unbeblüht bleibt. Die hohen Pflanzen wie Fingerhut und Stockrosen dürfen am Lattenzaun und an der Hauswand entlang ihre Pracht entfalten. Sie beginnen gerade mit der langen Blütezeit.
Direkt neben dem Hinterausgang befindet sich ein Kräuterbeet, frischer Schnittlauch, Petersilie, Majoran, Liebstöckel und Minze können jederzeit geerntet werden.
Das Anni-Anwesen bildet einen eigenen Kosmos, sozusagen eine Anni-Welt, liebevoll, ordentlich und bescheiden.
Es gibt noch einen weiteren Stall, in dem die Hühner wohnen, in diesem Teil wurden früher Schweine gehalten. Der Rundumselbstversorgung der Bewohner stand nichts im Wege. Den Abschluss bildet eine Scheune, die immer noch gut in Schuss ist. Sie war das Holzlager und der Geräteschuppen der Anni.

Zurück in der Wohnstube finden sie Gabi, vertieft in ihrem Notizblock. Sie schaut so zufrieden aus in ihrer vollen Konzentration auf die Texte, dass sie nicht gestört wird.
Küchenherd, Kachelofen, Geschirrschränke und der Herrgottswinkel mit der Sitzecke sind in einem großen Raum untergebracht. Dort überlassen sie Gabi ihrem Schicksal und steuern den Kaffeetisch an.
Sebastian bringt gerade die selbstgebackenen Kuchen heraus. Er begrüßt Maxi herzlich und schildert die letzten Tage mit Anni.
Sie hat plötzlich eine Schwäche bekommen, ist im Bett geblieben und am nächsten Tag friedlich verstorben. Es war ein schöner Tod, so wie ihn sich jeder nur wünschen kann.

Beim Begräbnis hat das ganze Dorf teilgenommen, einen guten Leichenschmaus hat es auch gegeben. Es war die erste größere Gesellschaft seit Beginn der Corona-Krise. Der Wirt hat kleine Gruppen gemacht und die Tische mit größerem Abstand aufgestellt. Wer im Lokal herumgehen wollte, musste einen Mundschutz tragen, nur wer am Tisch saß, durfte ihn abnehmen.

Diese Prozedur ist allen geläufig, darum machte es keinerlei Probleme. Das Abschiedsessen von Anni Moser brachte eine willkommene Abwechslung nach dem langen Shutdown.

Der Wirt nimmt die strengen Auflagen sehr ernst, es drohen hohe Geldstafen bei Nichtbeachtung.

„Kein Mensch weiß, wie lange das noch so weitergeht", klagt Basti. Seine Praxis wird seit dem Todesfall weniger kontaktiert, sicher fürchten einige Patienten, Anni könnte an Corona erkrankt sein. Nicht alle wissen vom negativen Testergebnis. Man will lieber etwas abwarten, bis man wieder zum Arzt geht.

Er hat mehr Zeit zum Kaffeetrinken, verdient allerdings auch viel weniger. Wie überall laufen die Unkosten weiter, er wird jetzt für sein Praxispersonal auch Kurzarbeit beantragen.

Die Pandemie hat die ländlichen Regionen erreicht, sie breitet auch hier ihren Mantel der Ungewissheit aus, kein Mensch weiß, wie es weitergeht.

Die drei einigen sich darauf, den Tag einfach zu genießen, das ist in jedem Fall die richtige Einstellung. Sie sind schon beim zweiten Kuchenstück, als Gabi verklärt aus dem Anni-Häusl zu ihnen kommt.

„Dieser Platz am Hergottswinkel ist ein starker Kraftort, er vereint das bodenständige Leben mitten in der Wohnstube mit der ganzen Welt und dem Glauben an Gott. Der Blick auf den Kirchturm erdet den Menschen, verleiht Ruhe und Sicherheit", schwärmt Gabi ganz erfüllt von diesem Eindruck. „Ich muss das im Artikel zum Ausdruck bringen, noch heute Nacht muss er hinausgehen an die Zeitschrift."

Sonja, Maxi und Sebastian sitzen mit offenem Mund da und staunen über die umwerfende Kreativität der Journalistin. Dann fangen sie an zu grinsen, schenken ihr den Kaffee ein und freuen sich mit ihr.

„Das ist auch ein toller Beruf, Journalistin, man hüpft von einem Highlight zum nächsten", erkennt Basti. „Man macht eine tolle Geschichte aus etwas, was eigentlich gar nichts ist!"

„Na, na!", schimpft Gabi, „ein Journalist muss die Gabe haben, die wahren Dinge zu sehen und ihre Hintergründe sichtbar machen."

Alle sind beeindruckt, sie wollen unbedingt den Artikel lesen und spornen Gabi an. Jetzt fehlen nur noch die Bücher über die Seher, die sogenannen Schätze der verstorbenen Anni.

„Gemach, gemach, wir finden den Schatz schon noch, ich glaube, die Bücher sind auf dem Dachboden gelagert", beruhigt Sonja.

Sie schwelgen erst noch in Jugenderinnerungen, nur Gabi ist nervös. Sie schenkt sich die dritte Tasse Kaffee ein und kritzelt weiter auf ihrem Notizblock herum.

Gewitterwolken ziehen auf, man verlegt die Kaffeetafel ins Atelier, genießt den prasselnden Regen durch die riesige Fensterfront und freut sich des Lebens.

Sonja serviert den obligatorischen Sekt, man sitzt noch lange zusammen. Für Gabi zu lange, sie wird unruhig und mahnt zum Aufbruch, beziehungsweise zum Stöbern auf dem Dachboden von Anni.

Sebastian schnappt sich eine Taschenlampe, er kennt die Situation, es gibt nur eine schwache Funsel als Licht auf dem verstaubten Speicher.

Neugierig machen sich die drei auf den Weg zum Austragshäusl. Die Luft ist dämpfig vom Unwetter. Es gibt nur eine schmale Holztreppe hinauf, vom Hausflur aus. Gabi will wieder vorausstürmen, doch Basti stoppt sie und steigt zuerst hinauf, erst muss die hölzerne Falltüre aufgemacht und gesichert werden. Das fahle Licht der einzigen emaillierten Lampe mit einer 20 Watt Birne setzt die Spinnweben gekonnt in Szene.

Eine Spur führt durch den Staub zu einem Bauernschrank. Dieser Weg ist von Anni öfter gegangen worden, sie hat sich an ihrer Literatur bedient, denn der Schrank ist voll mit Büchern. Gut, dass die Taschenlampe dabei ist, Basti leuchtet den Inhalt des Schrankes aus.

Es gibt hohe Stapel von Romanheften, Bastei-Romane, Liebes-romane, Jerry-Cotton-Krimis, was das Herz begehrt.

Eine Sammlung von Gebetsbüchern und Bibeln scheint das Herz der Biliothek zu sein. Dazu gehören auch fein säuberlich verpackte Tauf- und Kommunionkerzen, auch Wachsstöckl in jeder Ausführung, zum Teil so reich verziert, dass sie zu schade zum Abbrennen waren.

Aber in der obersten Reihe stehen die Objekte der Begierde. Lauter Bücher von Propheten und Wahrsagern, dünne Heft-chen, kleine Büchlein und dicke Schinken.

Gabi verfällt wieder in ihren Trancezustand und starrt unbe-weglich auf das Holzregal. Sebastian steigt die Treppe hinab, um einen Wäschekorb zu holen. Sorgfältig schlichtet er die Schriften hinein mit den Worten:

„Schau Gabi, du kannst alles mitnehmen und in Ruhe durch-schauen, beim nächsten Besuch bringst du die Bücher einfach wieder mit." Gabi ist wortlos einverstanden und grinst.

Der Dachboden beherbergt noch viele bäuerliche Gegenstände, die vergebens auf ihre Verwendung warten. Körbe, Dresch-flegel, hölzerne Wagenräder, ein Spinnrad, Bretter, Töpfe und Stühle hoffen auf Aufmerksamkeit. Ihre Zeit wird noch kommen, zunächst interessieren nur die Bücher.

Voller Tatendrang verstaut Gabi ihren Notizblock, den sie die ganze Zeit in der Hand hatte, in ihrer Umhängetasche. Sie braucht die Hände frei, der Wäschekorb mit den begehrten Schriften muss irgendwie die schmale Holzstiege passieren. Sebastian steigt rückwärts hinunter und stützt den Korb von unten, während Gabi von oben hält. Schritt für Schritt gelingt es und Gabi steht mit ihrer Beute im Hausgang. Zielstrebig eilt sie zum Auto, um den „Raubzug" zu sichern.

Allen wird klar, sie will den Besuch beenden und heimfahren. Es reicht noch für einen kurzen Smalltalk, dann steigt Maxi verständnisvoll ein. Eigentlich sind alle zufrieden und verein-baren einen baldigen Besuch bei Sonja und Sebastian.

Gabi steuert ihren Wagen besonnen in Richtung Heimat, während sie ihre Eindrücke über das Phänomen „Anni" schil-dert.

Maxi kennt ihre Freundin, sie weiß, Gabi will sich nur bestätigen in ihren Ansichten. Sie testet ihre Freundin stellvertretend für ihre Leser auf Reaktionen ab. Es geht Gabi nur um ihren Artikel, es ist selbstverständlich, dass Maxi drauf eingeht und bereitwillig ihre Meinung äußert. Die Diskussion verläuft ausgesprochen effizient für Gabi. Sie sieht sich bestätigt in ihrem Ansatz, das Urteil von Maximiliane ist ihr eine große Hilfe. Am liebsten würde sie sich Notizen machen, doch das Steuern ihres Autos hält sie davon ab.

Insgeheim erwägt Gabi die Anschaffung eines Diktiergeräts. Sie ist durch und durch Journalistin, sie arbeitet in jeder Situation konzentriert weiter. Mancher gute Gedankenansatz geht verloren, wenn er nicht sofort festgehalten wird.

Damit muss Gabi leben, dafür bekommt sie unentwegt neue Gedankenansätze mit denen sie kreativ werden kann.

Noch in der Nacht mailt sie den fertigen Artikel, obwohl ihn Maxi erst am nächsten Morgen lesen wird.

Die düsteren Visionen aus dem Wald!
Teil II

von Gabi Münter

Austragshäusl im Bayerischen Wald

Ganz selbstverständlich lebten die Waidler im Einklang mit der Natur. Sie waren zwar arm, aber ein Teil des ganzen Universums, sie lebten im Bewusstsein der Schöpfung mit den Früchten ihrer Arbeit und dem Glauben an Gott.
Anni, die Bewohnerin des Austragshäusels, ist eine der letzten naturverbundenen Menschen, die fast alles, was sie zum Leben braucht, in und um ihr Haus hat.
Sie holt die Kräuter und das Gemüse aus ihrem Garten, findet die Eier im Hühnerstall, holt die Milch vom Nachbarn und

schlachtet ab und an ein Huhn, oder tauscht ein Gickerl für ein Stück Schweiners ein. Der Kramer am Dorf hielt alles bereit, was die eigene Landwirtschaft nicht hergab. Heute kommt der fahrende Bäcker zweimal in der Woche.

Der Bauerngarten schmückt nicht nur das Haus, er schenkt ihr frische Blumen für die Stube und für das Grab ihrer Eltern.

Sie sieht ihren Lebensmittelpunkt am Herrgottswinkel in ihrer Kuchl und hat nicht weit in ihr Schlafzimmer oder in den Stall, in die Waschküche und die Vorratskammer.

Anni ist fest eingebunden in ihre Welt, sie kennt die Lebensabläufe der Pflanzen und der Tiere, die ihr Überleben ermöglichen. Der Geist der von ihr gesäten und geernteten Pflanzen, oder der von ihr aufgezogenen Tiere, geht direkt in sie über.

Sie weiß von den Gesetzmäßigkeiten der Natur, die den Regeln der Vernunft folgen und hat sich ihren gesunden Menschenverstand bewahrt.

Sie ist eine wissende Naturphilosophin, sie sieht die Welt als fließende Veränderung, die immer den Naturgesetzen unterliegt. Anni blickt auf ein langes, reiches Leben zurück und stellt sich wie jeder Mensch die Frage: „Warum bin ich hier, wo komme ich her, wo gehe ich hin?"

Die Antwort auf das woher und wohin nimmt sie aus der Religion. Mit dem Glauben verbindet sie ihr Selbstverständnis auf dieser Welt. Ihr Blick fällt von ihrem Eßplatz im Herrgottswinkel auf den Kirchturm, das gibt ihr Sicherheit und Geborgenheit. Sie ist ein Teil des Ganzen in der Welt und auch im Himmel. Daran glaubt sie fest.

Von ihrer geerdeten, soliden Basis kann sie leichter in die Zukunft blicken. Aus ihrem Gegenwartsbewusstsein erkennt sie, dass die momentane Welt sehr wohl Einfluss auf die Zukunft nehmen muss.

Anni sieht die Veränderungen um sich herum kritisch, aus ihrer Sicht strebt die Menschheit dem Abgrund zu. Sie weiß von ihrer Arbeit, dass es ein dauerndes wirtschaftliches Wachstum nicht geben kann. Alles unterliegt den Prinzipien der Natur.

Auf ihrem Tisch liegt aufgeschlagen ein Buch mit dem Text von Gerhard Hermes von 1975:

„Niemand kennt den Tag oder die Stunde, auch von den 'Generalproben' des jüngsten Tages nicht. Worum wir uns alle bemühen müssen, ist dies, die Zeichen der Zeit zu deuten..... und wer das tut, kann nicht übersehen, wo die ungeheuer angestauten Spannungen sich augenblicks entladen könnten, man möchte sagen, sich entladen müssen. "

Da verwundert es nicht, auf ihrem Tisch im Herrgottswinkel liegen auch Schriften von den bayerischen Sehern.

Doch eins haben alle Vorhersagen gemein, daß dem Teufel nicht der Sieg gehört.
Und noch etwas sagen sie uns: Derjenige, der die kommenden Zeiten durchschreiten will, muß ein leichtes Gepäck haben.

(Wolfgang Johannes Bekh)

Aus den Schriften geht hervor, dass Vergangenheit und Zukunft in die Gegenwart übergehen, wenn jemand die Gabe des „Schauens" hat. Diese Bilder können sehr klar sein, aber auch undeutlich, schattenhaft und dunkel.
Die Lieblingslektüren der Anni sind neben der Bibel die Prophezeiungen des Mühlhiasl.
Vieles ist eingetreten, er hat die Weltkriege auf den Tag genau vorhergesagt. Anni hält viel von ihm, sie traut ihm seherische Fähigkeiten zu. Wenn auch die Prognosen für die Zukunft alles andere als positiv sind. Sie hofft, die Aussagen relativieren sich, die Vorsehung wird abgemildert.

Anni liest eine Stelle aus ihrem Mühlhiasl-Buch vor:

„So viel Feuer und so viel Eisen hat noch kein Mensch gesehen

- Wer's überlebt, muss einen eisernen Schädel haben......zuletzt kommt der Bankabräumer (Af d'letzt kimmt da Bänko'rammer), eine alles dahinraffende Krankheit. - Es wird nichts helfen, wenn auch die Leute wieder fromm werden und den Herrgott wieder hervorholen. Sie werden krank, und kein Mensch kann ihnen helfen. - Es wird erst vorbei sein, wenn kein Totenvogel mehr fliegt. - Dann schaut den Wald an! Er wird Löcher haben wie des Bettelmanns Rock. - Wenn dann einer den anderen trifft, sagt er: „Grüß dich Gott, Bruder, grüß dich Gott, Schwester! Wo hast du dich denn versteckt?

- Auf d'Nacht schaut einer vom Berg über den Wald hin und sieht kein einziges Licht mehr - Wenn einer in der Dämmerung eine Kranawittstaude sieht, geht er darauf zu, um zu sehen, ob's nicht ein Mensch ist, so wenig sind noch da.

- Ein Fuhrmann haut mit dem Geiselstecken auf den Boden und sagt: Da is einmal d'Straubinger Stadt gstanden. - Im Wald drinnen krähen noch d'Gockerl."

Eine weitere Voraussage lautet:

„Nach dem der Bankabräumer dagewesen ist, werden die bösen Geister und die, die weizen gebannt.

Lacht's nur, ihr brauchts es ja nicht aushalten, aber euere Kindeskinder und die, wo nacher kommen, die werdn's schon glauben müssen. Taet's beten, daß der Herrgott auf Bitten Unserer Lieben Frau 's Unglück abwend't.

Mir glaubt's niemand, und doch ist's wahr."

Dem ist nichts hinzuzufügen, lesen Sie weiter im nächsten Artikel über die düsteren Visionen aus dem Bayerischen Wald.

Kraftorte

Es war ein schöner Ausflug zum Anwesen von Sebastian Langer und seiner Frau Sonja, der Künstlerin.

Maximiliane geht wieder ihrem Job in der Kanzlei nach. Die Mandanten drängen um Termine, die Streitigkeiten unter den Nachbarn und in den Familien nehmen zu. Die Unsicherheit in der Krise zerrt an den Nerven.

Die verbliebenen Angestellten schütteln oft den Kopf, wenn sie die Anliegen der Streitparteien aufnehmen. Maxi fühlt sich immer mehr ermutigt, die Wogen im Vorfeld zu glätten. Sie spricht den Rechtssuchenden gut zu, die Probleme selber anzugehen, das Gespräch zu suchen, die Sache nicht unnötig aufzubauschen.

Nur Rüdiger hat einen lukrativen Fall an Land gezogen. Einen großen Streitfall eines Industriellen. Er kommt strahlend aus seinem Büro, ein Prosecco wird aufgemacht, es überwiegt wieder die Leichtigkeit des Seins.

Bis das Handy von Maxi hupt. Es ist eine Nachricht von Gabi Münter. „Hast Du meinen Artikel schon gelesen? Bitte kommentieren! Danke!"

Maxi ist amüsiert und wendet sich erst wieder ihren Kanzleigenossen zu. Sie will die Feste feiern wie sie fallen und Gabi später zurückrufen. Im Moment stören die schrecklichen Waldvisionen ihre euphorische Stimmung.

Sie muss Gabi ermahnen, nicht so verstörende Prophezeiungen zu publizieren, die Stimmung in der Allgemeinheit ist zu verängstigt. Warum jetzt noch Öl ins Feuer gießen und die Zukunft noch schrecklicher ausmalen?

Bevor sie die Kanzlei verlässst greift Maxi zum Telefon und schildert ihre Bedenken. Doch Gabi gibt sich verständnislos, sie ist Journalistin und recherchiert was interessiert. Die Artikel kommen super an, sie muss die Serie weiterschreiben.

Sie will unbedingt zu den Kraftorten, die den Mühlhiasl inspiriert haben könnten. Maximiliane soll mitkommen und sie weiter unterstützen

Diese Bitte braucht Gabi nicht zweimal sagen, Maxi ist begeistert. Insgeheim plant sie selbst einen weiteren Ausflug in den Bayerischen Wald und zwar nach Apoig.

Die Freundinnen sind sich wieder einig, nur Gabi drängt, die Zeit läuft, sie will weiter berichten.

Die Kanzleitermine sind schnell gesichtet, Maxi hat einen freien Nachmittag gefunden, die Verabredung steht.

„Corona-Zeit ist Bayerwald-Zeit", scherzt Maxi. Diesmal fährt sie und holt Gabi ab. Das Wetter ist ihnen heute nicht so hold, dicke Wolken hängen tief am Himmel.

Das stört die zwei nicht, sie nützen den freien Nachmittag, der Artikel will geschrieben werden, Gabi hat wie immer ihren Notizblock in der Hand.

Diesmal biegen sie von der Autobahn ab in eine diesige, sommerliche Regenstimmung. In den Hügeln des Vorwaldes halten sich die Wolken fest.

„Ich liebe diese Regenstimmung, das Grün leuchtet noch intensiver bei nassem Wetter", meint Gabi, während sie schon Notizen macht.

Es ist nicht weit bis zum Hügel von Windberg, an dessen Fuß die besondere Mühle liegt, die Heimat vom legendären Matthäus Lang, alias Mühlhiasl.

Dort laufen die Wasser des Vorwaldes zusammen, an einer Brücke über den Bach weist ein Schild die Richtung zum Mühlhiaslweg.

Sie biegen ab in eine unbefestigte kleine Seitenstraße und passieren bald sehr abweisende Schilder mit der Aufschrift „Zufahrt verboten!" „Stopp, keine Zufahrt!" „Gesperrt! Videoüberwachung!"

Es wäre nicht Gabi, wenn sie sich von derartigen Kleinigkeiten abschrecken ließe. „Fahr nur zu Maxi!", drängt sie. Die Journalistin in Gabi erwacht in ihrem Augenfunkeln. Am Straßenende stoppen sie vor einem neuen Haus. Zum Glück steht der Besitzer davor und schaut sie verwundert an.

Jetzt ist es an der Zeit, den Charm spielen zu lassen, um den Mann gnädig zu stimmen. Es braucht nicht viel, denn er ist ohnehin freundlich und erklärt, dass hinter dem Haus Gefahren lauern mit baufälligen Brücken ohne Geländer, alten Schuppen und rutschigen Wegen. Die abschreckenden Warnschilder hätten nur den Zweck, seine Haftung auszuschließen. Die Frauen könnten auf eigene Gefahr gerne die Auenlandschaft hinter seinem Haus erkunden.

„War doch gar nicht schlimm", grinst Gabi und greift sich ihre Kamera, den Notizblock hält sie ohnehin fest in der Hand.

Gespannt schreiten die Freundinnen in die unwirtliche, total verwachsene Auenlandschaft. Das Rauschen der Wasser dominiert dieses Fleckchen Erde, das sich völlig selbst überlassen ist. Die Neugierde mutiert zum Entdeckergeist.

Das alte Mühlengebäude ist noch vorhanden, zwischen den wild aufgegangenen Weiden, Erlen und Brennesseln lugen Holzschuppen hervor, die erkundet werden müssen.

Andächtig tasten sie sich Schritt für Schritt vorwärts, das Tosen der Wasser wird immer lauter. Hier fließen mehrere Bäche zusammen und werden zu einem richtigen kleinen Fluss. Das Wasser aus den Hügeln des Waldes sammelt sich hier, es bildet einen idealen Platz für eine Mühle. So viel Wasserkraft darf nicht ungenutzt bleiben.

Gabi und Maxi setzen sich auf einen Stapel alter Holzbalken, die hier gelagert sind. Sie entspannen sich bewusst, lassen diese Atmosphäre auf sich wirken und fühlen sich hinein in die Welt des Matthäus Lang.

Lange verweilen sie aufmerksam in dieser grünen Wildnis mit den wilden Wassern um sie herum. Ohne Worte folgen sie der gleichen Idee, sie spüren der Magie des Platzes nach. Die Energie der Wälder sammelt sich an diesem Mühlenstandort. Es entsteht eine Dynamik der Urgewalten.

Es gibt keinen Zweifel, dieser Auwald an der Mühle von Apoig ist ein echter Kraftort.

Tosende Wasser an der Mühle in Apoig

Ein Regen setzt ein, sie spannen ihre Schirme auf und bleiben lange sitzen.

Das Geräusch der prasselnden Tropfen auf den Regenschirmen unterstreicht die eindrucksvolle Situation und korrespondiert mit dem Rauschen der Wasser in den Bächen. Verwunschen dramatische Momente dehnen sich unendlich aus. Eine Theateraufführung nur für die zwei Freundinnen, vielleicht ein Zeichen vom Himmel, vom Mühlhiasl. Sie sitzen andächtig und genießen.
Kein Kirchenraum könnte so ein Ambiente erzeugen. Die Natur entfaltet ihre umfassende Dynamik dem Menschen gegenüber. Lange Zeit verharren sie beeindruckt, Gabi vergisst sogar ihren Notizblock.
Sie sind sich einig, es hätte kein besseres Wetter geben können, als diese Tiefdruckfront mit seinem Landregen. Die Wasser schwellen an, die Bäche werden immer reissender und lauter.
Die Erkundung der Mühlenaue geht weiter. Hinter verwilderten Hollunderstauden lesen sie „Schänke zum Ochsen" an einem Holzhäuschen.
Fotografierend arbeiten sie sich vorwärts durch das Gestrüpp. Sie erreichen ein schmales langes Gebäude, ein verwunschenes Wirtshaus im Auwald, vergessen, verstaubt, dem Verfall preisgegeben.
Zu ihrer Verwunderung ist die Türe offen, blitzschnell steht Gabi im dusteren Raum, überrascht sichtet sie die zurückgelassenen Gebrauchsgegenstände, Krüge, Holzlöffel, Stühle, Schaufeln und vieles mehr.
Maxi entdeckt an der Wand angetackerte Blätter mit Regieanweisungen und Auftrittsplänen.
„Das war ein Theater!", freut sie sich über die Aufllösung des Rätsels.
Und tatsächlich fanden an diesem Ort vor nicht langer Zeit Mühlhiasl Spiele statt. Heute sind die Aktivitäten eingestellt, die Theaterkulisse ist verlassen.

Theaterkulisse Mühle Apoig

Als sie hinaustreten in den prasselnden Regen, ist es nicht zu übersehen, die Bäche treten über ihre Ufer, der Rückweg wird langsam überflutet.
Der nette Hausbesitzer ruft ihnen zu, sie möchten das Auental verlassen, bald sei es überschwemmt.

Die Freundinnen sind sich einig, der Ausflug hat sich voll gelohnt. Einen so dramatischen Eindruck vom Wohnort des Sehers haben sie nicht erwartet.
Die Erkundungen gehen weiter, sie fahren den Berg hinauf zum Kloster Windberg. Es ist ein wunderschöner Ort mit der frisch renovierten Kirche Windberg. Sie haben einen Blick über die Landschaft des Vorwalds, hinüber zum Bogenberg mit seiner Wallfahrtskirche.
Der Regen lässt nach, dafür kommt ein heftiger Wind auf, der die düsteren Wolken vertreibt. Der Kraftort, der den Mühlhiasl inspiriert hat, soll unter der Kanzel in der Kirche gewesen sein.
Dort setzen sie sich hin und spüren in die Atmosphäre hinein, die sich dort entfalten könnte.
Maxi und Gabi sind ganz alleine im Gotteshaus, draußen tobt mittlerweile ein heftiger Sturm, ein Brausen und Sausen umfängt das Gebäude. Eine eindrucksvolle Erklärung, warum der Ort Windberg heißt.
Lange verweilen sie in der Kirchenbank und versuchen, den Kraftort zu erspüren. Gabi ist so in Gedanken versunken, dass sie ihren Notizblock wieder vergisst und sich ganz dem Meditieren hingibt.
Tiefenentspannt verlassen sie die Kirche, bleiben aber im Eingang stehen, durch die aufreißenden Wolken sticht ihnen die Sonne entgegen.
„Wenn das kein Zeichen ist!", schwärmt Gabi. Das Geschehen am Himmel beeindruckt sie zutiefst.
Maximiliane geht es ebenso, sie will die Freundin aber auf den Boden der Realität zurückholen und meint:
„Alles nur Zufall, es sind die Launen eines Sommerwetters."

Aber beeindruckt sind sie beide vom Spaziergang im Leben des Matthäus Lang. Anstrengend war es auch, die Freundinnen streben einem Wirtshaus zu. Sie brauchen einen entspannenden Abschluss ihrer Expedition in die Vergangenheit. Das Wetter hat sich auch beruhigt, die Sonne lacht, der Himmel ist blau-weiß, als wäre es nie anders gewesen.
Direkt an der Klostermauer ist die Richter- und Musikanten-schänke, bekannt als Einkehr zum Singenden Wirt. Vom Freisitz aus eröffnet sich wieder der Blick in die Hügel des Vorwaldes. Sie bestellen Kaffee und schwelgen in ihren Erlebnissen des Tages.
Gabi ist glücklich über die Exkursion, sie hat so viele Eindrücke gewinnen können, dass sie sich Zeit läßt für ihren Artikel. Er wird somit erst morgen an die Zeitungen gehen.
An die Realität denkt keine der Frauen, die Corona-Krise scheint in weiter Ferne.

Es braucht nicht viel, um etwas Schönes zu erleben, Maxi fühlt sich wie im Urlaub, dabei war es nur ein Nachmittag im Baye-rischen Wald.

Der Alltag holt sie wieder ein. Die Mandanten geben sich verunsichert, sie möchten gerne klagen, wissen aber nicht, was die Zukunft bringt, sie sind zögerlich und beschränken sich auf Rechtsauskünfte ihres Anwalts.

Soweit, so gut, man bemüht sich um Zufriedenheit der Klienten und gibt den zuverlässigen Ansprechpartner. Die Umstände der Zeiterscheinung Corona fordern ihren Tribut, die Kassen bleiben leer.

Die Euphorie ihres Partners Rüdiger verfliegt, als er die Kontostände sichtet. Seiner Bürokraft lässt er die Buchführung überprüfen, um mögliche Außenstände mit einzubeziehen. Siehe da, die Kanzlei arbeitet mit einer Null-Gewinn-Bilanz. Man hat diese Entwicklung bisher akzeptiert, doch allmählich ist es an der Zeit, sich ernste Gedanken zu machen.

Einer renommierten Kanzlei steht es nicht an, den Hausbesitzer um Mietminderung oder eine Aussetzung der Miete zu bitten. Man geht mit ernstem Gesicht auseinander.

Maximiliane zieht sich in den großen Besprechungsraum mit dem traumhaften Baumblick zurück. Sie will Abstand gewinnen von der unschönen Realität, das Hupen ihres Handys kommt ihr gelegen, es kündigt den neuen Artikel von Gabi an.

Die düsteren Visionen aus dem Wald!
Teil III

von Gabi Münter

(Das Begräbnis des Mühhiasl, Darstellung in der Gläsernen Scheune Viechtach)

Zeichen am Himmel, Naturkatastrophen und Warnungen von Sehern kündigen eine Zeitenwende an, eine Veränderung der Welt. Blutmonde, Sonnenstürme, Meteoriten oder Kometen sind die Himmelserscheinungen in der heutigen Zeit, die durchaus ernst zu nehmen sind.

Ist es nur der Klimawandel, oder sollten zunehmende Stürme, Erdbeben, Vulkanausbrüche und Sturmfluten auch als Mahnung angesehen werden?

Steuern wir auf düstere Zeiten zu? Sind die Vorzeichen bereits zu erkennen?

Die Menschen suchten schon immer Orte auf, die sie mit den Urkräften der Erde verbinden. Es sind magische Grotten, Kraftbäume, Gräberfelder, Erdenergielinien und auch Wasserläufe, die sich verbinden und zu Kraftorten werden.

Berühmt geworden sind die eindrucksvollen Orte, wie Stonehenge in England oder Wallfahrtsorte wie Medjugorie in Bosnien/Herzegowina.

Magische Orte sind Kraftansammlungen von Magnetfeldern und Erdstrahlen. Begabte, feinsinnige Menschen machen sich diese Orte zunutze um ihre Antennen auszufahren und Visionen zu erhalten.

Vielleicht sind es nur Hirngespinste, doch das Eintreten solcher Vorhersagen belegt einen Wahrheitsgehalt, der sich nicht von der Hand weisen lässt. Es kann auch der Zufall mithelfen, doch Voraussagen, die tatsächlich eintreffen, sind ein ernst zu nehmender Faktor.

Matthäus Lang, genannt Mühlhiasl, ist auf der Mühle zu Apoig zur Welt gekommen. Diese Mühle ist sehr alt und stammt vermutlich aus dem Mittelalter. Hier treffen zahlreiche Bäche und kleine Flüsse aus dem Bayerischen Wald zusammen. Dieser Ort der ineinander fließenden Wasser ist zweifelsfrei ein Kraftort, der den Hiasl inspiriert hat.

Ein weiterer Platz, an dem der Mühlhiasl Eingebungen hatte, ist die Kirchenbank unter der Kanzel der Klosterkirche Windberg. Eine Ankündigung des Mühlhiasl ist eindrucksvoll zur Realität geworden.

Mühlhiasl übernahm 1778 die Mühle in Apoig von seinem Vater, sie war im Besitz des Klosters Windberg. Aus wirtschaftlicher Not nahm er ein Darlehen von den Mönchen auf (75 Gulden).

Seine Zukunftssichtungen, die er unter der Kirchenkanzel gewonnen hatte, waren den Mönchen ein Dorn im Auge, seine vielen Kinder und die schlechte Bewirtschaftung der Mühle machten ihn arm. Da er seine Schulden nicht zurückzahlen konnte, jagten ihn die Mönche 1801 von der Mühle fort. Als sie ihn vor der Klosterpforte stehen ließen, weissagte er:

„Gut, ich gehe, aber so wie ihr mich jetzt verjagt, so werden euch bald andere aus dem Kloster jagen!"

Schon zwei Jahre später wurden bei der Säkularisation 1803 die Patres aus dem Kloster vertrieben.
Die Erkenntnis von zukünftig stattfindenden Ereignissen, ist eine Gabe, die nicht bewiesen werden kann. Eine seiner Prophezeiungen zum Geld lautet:

„Einerlei Geld kommt auf. Geld wird gemacht, so viel, dass mans nimmer kennen kann, wenns gleich lauter Papierflanken sind, kriegen die Leut nicht genug davon. Auf einmal gibts keins mehr."

Ob sich diese Aussage auf die Inflation nach den Weltkriegen bezieht oder auf die heutige Politik, die Geld drucken lässt ohne Ende, sei dahingestellt.

Ein letztes Zeichen soll der Mühlhiasl nach seinem Tod gegeben haben. Nach einem Roman von Paul Friedl, dem sogenannten Baumsteftenlenz, soll das Fuhrwerk, auf dem der Sarg des Mühlhiasls zur Grabstätte gefahren wurde, ein Rad verloren haben. Die Totenkiste sprang auf und der Mühlhiasl reckte wie zum Abschied seinen Arm in den Himmel.
Er hat es prophezeit mit dem Worten:

„Noch im Tod komm ich euch aus!"

Lesen sie weiter im nächsten Artikel über die düsteren Visionen aus dem bayerischen Wald.

Zukunftspläne

Die Entwicklung der Pandemie spitzt sich auf der ganzen Welt zu.

Länder, die leichtfertig mit dem Virus umgegangen sind, bekommen immer größere Probleme. Die Hoffnung, die Krankheit laufe sich von alleine aus, wird zunichte gemacht. Die Menschen rebellieren, die Wirtschaft stagniert. Die Gesundheitssysteme ärmerer Regionen sind völlig überfordert und brechen zusammen. Ganze Länder, wie Brasilien oder Amerika, stehen vor ernsten Herausforderungen.

Maxi ist Realist, so schnell wird sich die Wirtschaftslage nicht ändern. Vielleicht ist sogar mit einer weiteren Verschlechterung zu rechnen. Oder stehen der Menschheit doch schlimme Katastrophen bevor?

Kein Mensch weiß, was kommen könnte. Dieser Umstand lässt sich einige Zeit verdrängen, aber er verschwindet einfach nicht. Wie viele Menschen grübelt auch Maxi nach, wie sie ihr Vermögen, das sie angespart hat, sichern kann. Nicht auszudenken, wenn eine Geldentwertung kommt, ein Neubeginn bei Null.

Angesichts der unglaublichen Verschuldung des Staates könnte eine Währungsreform denkbar sein. Wie soll sie sich positionieren, wie soll sie gut durch diese Verwirrungen kommen?

Maximiliane Wunder hat einen ausgeprägten Pioniergeist, sie steht offen für Neues, sie lässt sich nicht tatenlos in die Enge treiben. Es schießen ihr reizvolle Gedanken durch den Kopf.

Es wäre nicht Maxi, hätte sie nicht blitzschnell einen Plan parat. Nach außen hin scheint es schnell zu gehen, doch ihre Ideen reifen insgeheim still vor sich hin, bis sie dann unerwartet ans Tageslicht kommen. Sie sind dann allerdings durchdacht und ausgereift, sobald sie präsentiert werden.

Maximiliane arbeitet sozusagen langsam im Inneren, das Produkt kommt dann einem Vulkanausbruch gleich, zumindest nimmt es ihre Umgebung so wahr.

Ihr Plan könnte sofort wieder zunichte gemacht werden, doch sie will es auf einen Versuch ankommen lassen und greift zum Telefon.

Die Umsetzung ihrer Idee soll dem Schicksal überlassen werden, dieser Winkelzug erleichtert ihr den Vorstoß.

Der Anruf landet bei Sebastian Langer. Es ist Mittagszeit, eine Ruhepause in der Praxis. Er nimmt selbst das Telefon ab und ist erfreut über den Anruf. Maxi kommt schnell zur Sache:

„Was machst Du denn mit dem Häusl von der Anni?"

Die Antwort kommt noch schneller, sie ist scheinbar längst durchdacht.

„Liebe Maxi, erst gestern Abend habe ich mit Sonja darüber gesprochen. Es wäre super, wenn die Maxi das Häusl kaufen würde."

Eine Welle von Glücksgefühlen durchläuft Maxi, diese Idee ist nicht nur in ihr gereift. Es scheint eine von langer Hand geplante Vorsehung zu sein.

Basti nennt den Preis für das Haus, er ist so angesetzt, dass Maxi nicht an Verhandlungen denkt und ihn akzeptiert.

Somit hat sie in sekundenschnelle ein Haus so gut wie gekauft.

Beide Parteien freuen sich und verabreden einen Termin zur Überlegung der Vorgehensweise.

Maxi muss ihr Vorhaben erst verdauen, die Planung hat sie jetzt selbst fast überrollt. Sie will in sich hineinhören, ob es sich richtig anfühlt, oder ob schwere Bedenken aufkommen.

Sie denkt an ihre Kinder und natürlich an Rüdiger Heerfurth. Wie kann sie ihre Idee mit den betroffenen Menschen in Einklang bringen?

Nach reiflicher Überlegung stellt sie eindeutig fest, die Veränderung ist für sie stimmig.

Wenn es sich mit ihrem Umfeld vereinbaren lässt, wird sie eine Feld-Wald-und-Wiesen-Anwältin werden, sie wird ihr Leben aufs Land in den Bayerischen Wald verlegen.

Sie war immer eine Mandanten-bezogene Anwältin, keine Paragrafenfuchserin mit Dollarzeichen in den Augen.

Ihren Kindern gibt sie den Vorrang mit der Information über ihre Pläne. Ihre jüngste Tochter ist ohnehin auf Wohnungssuche, doch der Markt ist leergefegt. Es fällt sehr schwer, ein Haus oder eine größere Wohnung zu finden. So kommt es gelegen für die junge Familie. Sie würden das Stadthaus von Maxi gerne übernehmen, was vorauszusehen war.

„Läuft", denkt sich Maxi und will erst die weiteren Verhandlungen vor Ort mit Sebastian abwarten, bevor sie sich an das „Projekt Rüdiger" macht.

Sie schreibt sich selbst eine Nachdenkphase vor und will ihre Pläne zweimal überschlafen. Da ohnehin das Wochenende ansteht, lässt sich das einrichten.

Gleich am Montag vereinbart sie einen Termin mit Sonja und Sebastian. Natürlich muss Gabi einbezogen werden, die lässt sich nicht lange bitten und willigt ein. Sie fährt mit zur Besichtigung des Hauses, das bald ihrer Freundin gehören könnte.

Ihrem Partner Rüdiger will Maxi in der Kanzlei nicht begegnen, bevor sie eine endgültige Entscheidung getroffen hat. Vertragliche Verpflichtungen binden sie aneinander. Rüdiger könnte ihre Planungen immer noch zunichte machen, doch Maxi sieht gute Chancen, die Kanzleigemeinschaft aufzulösen.

Diese Überlegung beschäftigt sie insgeheim schon lange, sie hat so eine Ahnung, dass es Rüdiger genauso gehen könnte.

Auch nach zweimal überschlafen gefällt ihr die Idee, aufs Land zu ziehen, immer noch gut.

Diesmal holt wieder Gabi ab, es kommt ihnen vor, wie eine Fahrt ins Abenteuer. Es ist wieder Mittagspause in der Arztpraxis, Sebastian steht schon im Hof, er wartet auf die Freundinnen und ist sehr erfreut über die neue Wendung auf seinem Anwesen.

Er hat keine Kinder, denen er vererben könnte. Fremde Menschen will er nicht auf seinem Hof wohnen haben, daher hat sich die Idee, Maxi könnte das Austragshäusl erwerben, schon in seinem Kopf festgesetzt.

„Mensch Maxi, du rettest mich mit meinem Problem. Täglich kommen Anfragen, ob ich das Häusl verkaufe. Interessenten kommen sogar gleich auf das Anwesen. Ich will hier keine geldigen Wochenendfamilien haben. Ich hoffe, der Kauf wird perfekt."

Gabi ist schon wieder drin in der Stube und sitzt grinsend im Herrgottswinkel. Die vorhandenen Pläne des Hauses sind auf dem Tisch ausgebreitet.

Sebastian erläutert, wie das Gebäude ausgebaut werden könnte. Draußen fahren Autos vor, ältere Männer mit neugierigen Augen treten ein und schauen sich um.

Sebastian stellt vor, der Josef ist Schreiner, der Martin und der Andreas sind Maurer, alles gute Handwerker im Ruhestand. Es sind Patienten von Sebastian, sie wohnen in der Nähe und verstehen sich bestens mit altem Gemäuer.

Er hat die Männer gebeten, vorbeizuschauen, damit Maxi die Realisierung ihrer Pläne leichter einschätzen kann. Damit sie Land sieht und weiß, dass gute Helfer parat stehen.

Maximiliane ist ganz ruhig und schlendert von Raum zu Raum. Insgeheim teilt sie alles ein und plant ihr neues Zuhause.

Das Dach soll ganz ausgebaut werden, mit Stall und kleiner Scheune ist genug Platz für Maximiliane und die Kanzlei. Alles wird in Wohnraum umgewandelt, ohne jedoch den Reiz des „Alten" zu zerstören. Der Freisitz hinter dem Haus beim Hackstock wird vergrößert, der Bauerngarten bleibt und der Parkplatz soll gemeinschaftlich genutzt werden.

Alles lässt sich wunderbar verwirklichen, Maxi sagt immer noch nicht viel, sie ist schon in ihrem neuen Reich daheim.

Die Mittagspause von Sebastian geht zu Ende, Sonja bittet zum Kaffeetisch unterm Apfelbaum.

Die Maurer und der Schreiner setzen sich gleich dazu, man ist schnell per du, die Sache ist am Laufen.

Noch heute will Maxi den „Fall Rüdiger" ins Reine bringen. Davon hängt es jetzt ab, ob ihre Landkanzlei-Pläne Wirklichkeit werden können.

Maxi will sofort Nägel mit Köpfen machen, sie ruft Rüdiger in der Kanzlei an und bittet um ein Gespräch am späten Nachmittag. Er ist erfreut über ihre Anfrage und lässt erkennen, auch er ist an einer Aussprache interessiert.

„Ein bisserl seltsam hat er geklungen", meint Maximilane.

„Er misst einer Aussprache große Bedeutung zu. Vielleicht hat er auch etwas vor und ist verunsichert."

Es wird sich erweisen. Gabi ist wieder vertieft in ihre Kritzeleien auf dem Notizblock und achtet nicht auf die Anspannung von Maxi, die vor einer schweren Entscheidung steht.

Das Gespräch mit Rüdiger wird alles entscheiden. Sie machen sich auf den Heimweg. Gut, dass Gabi fährt, Maxi ist völlig durcheinander, sie muss sich darauf konzentrieren, wie sie das Gespräch mit ihrem Kompagnon gestalten kann. Man kündigt schließlich nicht jeden Tag eine Kanzleigemeinschaft auf.

Vielleicht will er ihr nur klarmachen, dass sie mehr arbeiten muss und größere Streitfälle an Land ziehen soll.

Vermutlich ist es so, sein Kampfgeist wird erwacht sein, er möchte wieder in die schwarzen Zahlen kommen. Oder will er gar mehr Geld für sich alleine aus der Kanzlei ziehen und den Lohn seiner Mehrarbeit kassieren?

Maxi wird es ganz flau im Magen. Sie sitzt blass neben der fahrenden Gabi, der unangenehme Teil ihrer neuen Planung beginnt.

Die Zeit drängt, Gabi steuert gleich die Kanzlei an, sie wird Maxi beistehen und auf das Ergebnis der Aussprache warten.

Die Stimmung in der Kanzlei ist angespannt, irgendwie seltsam.

Die einzige anwesende Sekretärin blickt verstört drein.

Mit ihrem Notizblock bewaffnet verschwindet Gabi im Besprechungsraum mit dem traumhaften Baumblick, dort kann sie sich wieder ihrer journalistischen Tätigkeit widmen.

Maximiliane betritt das Arbeitszimmer von Rüdiger.

Beide wirken unsicher aufeinander. Keiner will sein Anliegen zuerst vorbringen. Rüdiger bittet Maxi Platz zu nehmen und beginnt wie ein echter Kavalier ganz einfühlsam. Er umschreibt ganz vorsichtig:

„Liebe Maximiliane, monatelang überlege ich, wie unsere Kanzlei in dieser Situation weiterhin bestehen kann. Es erscheint mir naheliegend, die laufenden Kosten zu minimieren."

Maxi schaut ihn mit großen Augen an und nickt zustimmend.

Rüdiger ist ermutigt über die freundliche Reaktion und fährt fort:

„Unser größter Kostenfaktor ist die hohe Miete für diese wunderschönen Räume. Wir arbeiten zur Zeit nur noch, um unsere Nebenkosten abzudecken. Es ergibt für mich keinen Nutzen, diese großen Büroräume weiterhin zu finanzieren. Wir benötigen sie nicht mehr und wissen auch nicht, wie lange dieser Zustand noch andauert."

Maxi nickt weiter zustimmend und unterbricht sein gequältes Statement mit der Feststellung:

„Lieber Rüdiger, wir sollten die Kanzleigemeinschaft aufheben und die Räume kündigen."

Die Anspannung fällt von Rüdiger ab, er atmet erleichtert durch und schaut Maxi erstaunt an.

„Mit allem hatte ich gerechnet, aber nicht mit deiner Übereinstimmung zur Kanzleiauflösung. Mir fällt ein Felsbrocken vom Herzen."

Maxi freut sich innerlich so sehr, dass sie lächelnd versunken auf ihrem Stuhl sitzt. Darum übernimmt Rüdiger wieder:

„Ich habe in meinem Privathaus ein Schwimmbad und zwei Doppelgaragen, daraus möchte ich Büroräume machen. Das genügt vollkommen für mich mit einer Sekretärin. Ich spare mir die Mietkosten und die Anfahrtswege und habe mehr Zeit für meine Familie."

Maximiliane erwacht aus ihrer freudigen Entspannung und erzählt von ihren Plänen und ihren Erlebnissen mit dem Bauernhäusel, mit der Anni und dem Ehepaar Langer.

Rüdiger schlägt vor, auf diese einvernehmliche Veränderung anzustoßen.

Strahlend betreten beide das Besprechungszimmer mit dem fantastischen Baumblick und der überraschten Freundin.

„Das ist wohl gut gelaufen!", freut sich Gabi

Sekt wird eingeschenkt. Maxi, Rüdiger und Gabi stoßen auf eine glückliche Zukunft an.

Sie verabreden sich zum Abendessen beim Italiener um die Ecke, denn sie haben viel zu planen, schließlich können sie jetzt richtig loslegen.

Wer kann, rekrutiert Klienten, Rüdiger hat einen Architekten zur wohlwollenden Verfügung. Maximiliane wird sich mit Handwerkern aus dem Patientenstamm von Sebastian Langer kurzschließen.

In aller Ruhe wollen Maxi und Rüdiger die Zeitabläufe koordinieren, damit die Kanzlei fristgerecht gekündigt werden kann.

Diese veränderte Situation gibt Gabi Münter zu denken.

„Jetzt wird es deutlich sichtbar, eine neue Zeit ist angebrochen. Der gewohnten Zivilisation droht der Kollaps. Wer sich nicht darauf einstellt, wird Schiffbruch erleiden."

„Ist es nicht schon ein Schiffbruch, die Kanzlei aufzugeben?", meint Maxi.

Alle sind sich aber einig, niemand erleidet Schiffbruch, noch haben sie ihr Schicksal in der Hand, sie können sich an die Finanzlage anpassen. Die unnötigen Ausgaben für die renommierte Vorzeigekanzlei sind schon mal vermieden.

„Jetzt wird das Problem an den Hausbesitzer weitergegeben, er hat Leerstände und fehlende Mieteinnahmen", erkennt Gabi.

Sie wird ihren nächsten Artikel schreiben über die düsteren Visionen aus dem Wald. Dabei fühlt sie sich mittendrin in den durchaus gruseligen Vorahnungen.

Niemand hätte sich ausmalen können, dass sie unversehens in so einer ungewissen Zeit landen.

Die düsteren Visionen aus dem Wald!
Teil IV

von Gabi Münter

Unsere Erde ist verletzlicher geworden. Das Klima verändert sich rasant und macht den Menschen bewusst, dass ihre Lebensweise große Auswirkungen auf den gesamten Planeten hat. Diese Zeichen sind für alle sichtbar. Die Klimakrise lässt die Vorhersagen der Seher wieder interessanter werden.

Auch die Wissenschaft macht Fortschritte, die Aktivitäten der Sonne können besser verstanden werden. Das DSCOVR (Deep Space Climate Observatory) ist ein Satellit zur Erforschung bestimmter Aspekte des Sonnen- und Erdklimas und ein Vorwarnsystem für geomagnetische Stürme.

Es ist demnach durchaus denkbar, dass Sonnenwinde Veränderungen am Magnetfeld der Erde bewirken können, sie sind sogar einem militärischen Angriff gleichzusetzen.

Schreckensszenarien aus den Prophezeiungen könnten durchaus natürliche Ursachen haben.
Die Ankündigung:

„Feuer das alles vernichtet wird vom Himmel fallen."

könnte ein reales Szenario werden. Sonnenstürme, oder die Polumkehr der Erde bewirken im Extremfall einen Kollaps unserer technischen Zivilisation.

Die Aussage des Mühlhiasl:

„Der Erdball schlingert durchs All.""

beschreibt die ohnehin vorhandene Reise des Planeten durch das Universum und ist keinesfalls abwegig. Die Erde rast durch das All, ohne dass wir es bemerken. Die Pole der Erde wandern ständig und könnten schneller als erwartet eine Polumkehr bewirken. Die Erde könnte ins Trudeln kommen.
Der Mensch tut gut daran, die Zeichen des Himmels ernst zu nehmen, auch wenn er nicht an die Prophezeiungen der Seher glaubt.
Der sensible Beobachter wird die Veränderungen erkennen. Phänomene wie der Komet C/2020 F3 Neowise, der zur Zeit am Himmel zu sehen ist und die Erde umkreist ist für Jedermann ersichtlich.
Himmelszeichen gibt es genug, wenn man sie sehen will. Propheten berichten gerne davon, von Zeichen, die Unheil ankündigen. Oder sind es Warnungen von überirdischen Mächten, Mahnung zur Besinnung und zur Bescheidenheit?
Schon in der Bibel wird über Feuer vom Himmel berichtet, oder sind es Naturphänomene für die es eine ganz plausible Erklärung gibt?
Doch die Erde spricht mit uns, ob wir zuhören oder nicht. Zur Bedrohung durch die Klimakrise, die gerne in die ferne Zukunft

projiziert wird, kommt nun völlig unerwartet die Corona-Krise auf die Menschheit zu.

Manch nebulöse Prophezeiung kann durchaus auf die Katastrophe der Corona-Krise interpretiert werden. Die weltweite Pandemie umfasst den ganzen Erdball, sie wurde bisher in keine Auslegung der Vorhersagen einbezogen.

Und doch passt dieses Virus perfekt auf die Vorahnung des Mühlhiasls:

„ Wenn alles drunter und drüber geht. "
„ Wenn die kurzen Sommer kommen. "
„Wenn die Religion so klein wird, dass man's in einen Hut hineinbringt. "
„Dann is nimmer weit. "
„Dann kommt das große Bänkeabramma. "
„Bal's angeht, ist einer über dem anderen. "
„Raufen tut alles. "
„In jedem Haus ist Krieg. "
„Kein Mensch kann mehr dem anderen helfen. "

Ob es sich um die Seherin Baba Wanga aus Bulgarien handelt, oder um Alois Irlmaier aus Freilassing, oder um den Franzosen Nostradamus, alle interpretieren den 3. Weltkrieg als militärische Auseinandersetzung.

Wenn eine Seuche die gesamte Weltwirtschaft zusammenbrechen lässt, kann das auch als eine Art „Krieg" verstanden werden. Durch die Globalisierung sind die Märkte so ineinander verstrickt, dass sie sich gegenseitig vernichten.

Es gibt ein großes Firmensterben, das bedingt ein großes Arbeitsplatzsterben, eine schwierige Zeit wird hereinbrechen.

2020 ist ein magisches Jahr für die Seher, doch nach einer großen Zäsur soll eine 1000jährige glückliche Zeit kommen, heißt es!

Das waren meine Einblicke, vom Bayerischen Wald aus, in das Schicksal der Weltgeschichte.

Unsichere Zeiten mögen angebrochen sein, doch Maximiliane fühlt sich sicher mit ihren Zukunftsplänen. Etwas Neues hat seinen großen Reiz, bedeutet einen Aufbruch, eine faszinierende Aufgabe.

Durch ihre Kindheit auf dem Land ist sie geerdet und bereit für ein einfaches Leben als Selbstversorger. Wenn Not am Mann ist, wird sie Gemüse anbauen und vielleicht sogar einige Schweinchen mästen.

So weit wird es nicht kommen, hofft sie. Vorerst werden im Bauerngärtchen nur Blumen wachsen. Die Hühner der Anni verschenkt sie, Maxi konzentriert sich auf den Ausbau des Häusels.

Ihre Kinder kommen jetzt schon gerne, um die für sie neue Welt auf dem Land zu genießen. Zuerst wird die Küche auf den neuesten Stand gebracht, nicht ohne Hintergedanken. Der wunderschöne Ort will besucht werden, dazu braucht es ein gemütliches Zusammensein mit Kaffee oder Grillwürstchen.

Die erfahrenen Handwerker aus der Umgebung legen neue Leitungen für Wasser und Strom, bessern alte Dielenböden aus, schleifen sie ab, schlagen Schlitze für die Leitungen und verputzen alles sauber.

In der geräumigen Küche mit dem Herrgottswinkel ist genug Platz für eine moderne Kochinsel mitten im Raum. Sie wird gemauert und verputzt wie die übrigen Wände. Die Arbeitsplatte ist aus altem gewachsten Holz, alles passt sich harmonisch in das bäuerliche Ambiente ein, nur die Elektrogeräte sind vom Feinsten.

Der alte schamottierte, eiserne Küchenherd bleibt natürlich erhalten. Er wird im Winter groß herauskommen, wenn er die Stube erwärmen kann. In ihm wird dann köstlicher Schweinebraten gebrutzelt, das Wasserkrandl wird immer heißes Wasser bereithalten und die Luft befeuchten. Bratäpfel verzaubern den Raum mit ihrem Duft.

Alle Ecken im Haus wecken eine Erwartung an Geborgenheit und Gemütlichkeit. Die restlichen Äpfel vom Vorjahr werden

zu leckeren Apfelkuchen verarbeitet und bereichern die Kaffee-
tafeln auf der erweiterten Terrasse neben dem Hackstock.
Dieser Hackstock darf bleiben und an die Anni erinnern. Maxi
krönt ihn mit einer Gartenskulptur, sie wandelt ihn in einen
Sockel für ein Kunstwerk um.
„Alles gut!", denkt sich Maxi, Corona ist wieder meilenweit
entfernt.
Zum Schlafen kehrt sie immer noch in ihr Häuschen in der
Stadt zurück, bis der Umbau vollständig abgeschlossen ist.

Auch Rüdiger Heerfurth fährt gut mit seinem neuen Kanzlei-
plan. Er hatte große Zweifel, ob es ihm seine Mandanten als
Versagen auslegen, wenn er sich verkleinert.
Gerade das Gegenteil war der Fall, er wird bewundert, er wirkt
interessant, er ist ein Mann der Tat. Viele seiner Bekannten
suchen nach neuen Wegen. Er sonnt sich in einer Vorbildfunk-
tion, seine Veränderung trifft voll den Zeitgeist.
Vorhandene Ressourcen nutzen, Personal einsparen, den
Betrieb elegant verschlanken, das ist aktuell der Trend.
Rüdiger ist wieder voll dabei.

Auch Gabi Münter ist mit sich im Reinen. Vom Ausflug in die
Prophezeiungen inspiriert, wendet sie sich der Realität zu.
Das Aufblühen und Vergehen von Zivilisationen zieht sich wie
ein roter Faden durch die Geschichte der Menschheit.
Durch die Corona-Krise befindet sich unsere Zeit in einer
gewaltigen Umbruchphase. Ihre neuen Themen sind:

„Geschichte hautnah miterleben."
„Wie bewältigen die unterschiedlichen Nationen diese Verän-
derungen?"
„Die wirtschaftlichen Einbrüche und die Klimakrise."
„Stoppt die Corona-Krise die Globalisierung?"
„Wie die Industrialisierung der Landwirtschaft zurückgebaut
werden kann."

„Warum regional und gesund wieder geschätzt wird."
„Wie kann Reisen wieder klimaverträglich werden?"
„Verändert sich das Bewusstsein der Menschen durch die Pandemie?"

Das Themenfeld ist schier unerschöpflich, das Interesse der Magazine und Tageszeitungen groß.
Gabi arbeitet sich ein und verdient wie nie zuvor. Ihre Besuche auf dem Land bei Maxi stärken ihr immer wieder den Rücken.
Sie schöpft Mut für revolutionäre Ansichten, das kommt an, sie hat ihre Nische gefunden.
Die Unsicherheit der Zeit ist ihr Thema geworden.
Da kein Mensch weiß, wie es weitergeht, leben sie ihr Leben in vollen Zügen, grad so, als wäre jeder Tag der letzte.
Eine alte Weisheit, die wieder zum Tragen kommt.

Es ist der 15. August 2020, die Pandemie breitet sich auf der ganzen Welt dramatisch aus.

Bild aus der Gläsernen Scheune, Rauhbühl, Viechtach

RITA LELL

Wie sie glücklich werden ...

Books on Demand 2019
Preis: 8,99 Euro, 138 Seiten

ISBN 9 783 750 413 344

Isabel hat ihr Leben wohl geordnet und glaubt glücklich zu sein.

Sie lebt auf ihrem Pferdehof im Einklang mit
der Natur, führt ein offenes Haus und ist stets hilfsbereit

Isabel pflegt regen Kontakt mit ihren früheren Schulkameradinnen, die unterschiedliche Wege gehen, um glücklich zu sein.

Waltraud, zum Beispiel, spielt eine Dame von Welt und bringt dafür jedes Opfer.

Miriam setzt auf ein tolles Leben an der Seite ihres erfolgreichen Mannes.

Isabel kommen Zweifel. Steht die vielleicht nur daneben und verpasst das absolute Glück?

Da wird Waltraud tot aufgefunden....

Rita Lell

Bärlauch
ein Kleinstadtkrimi

Die Alte Stadt ist Jahrzehntelang arm und verschlafen, bis die Ansiedlung einflussreicher Unternehmen die Grundstückspreise in die Höhe treibt.

Bauunternehmen kommen auf die Idee, mit Neubauten in besten Wohnlagen sehr viel Geld zu verdienen. Der Trick, die Politik einzubinden, steigert ihre Effektivität ins Gigantische. Es entsteht eine Immobilienmafia, der sich niemand entziehen kann.

Iris Moser wohnt in einer beschaulichen, grünen Ecke des Städtchens, eine Tatsache, die Investoren magisch anzieht. Iris ist eine taffe Frau, mit großer Lebenserfahrung. Sie wähnt sich sicher und lenkt ihr Schicksal souverän. Doch schleichend verändert sich ihre Umgebung und zieht sie in einen Abwärtsstrudel hinein, der sie vernichten will.

Rita Lell

Books on Demand 2017
Preis: 9,99 Euro, 146 Seiten

ISBN 9783744833721

Rita Lell

Regensburg
Was war und was bleibt

Rita Lell

Was war und was bleibt

Regensburg

Rita Lell

Regensburg-
Was war und was bleibt
Band I

Books on Demand
Preis: 27,99 Euro, 396 Seiten

624 Abbildungen
ISBN 978-3-7347-8281-7

Das Buch will ein „Regensburg-Gefühl" vermitteln das gebürtige Regensburger empfinden, Veränderungen bewusst machen und das Interesse auf Stadtteile lenken, die leicht übersehen werden, aber Regensburg liebenswert machen. Durchaus kritisch will die Autorin vermitteln, wie schnell sich das Bild dieser wunderschönen Stadt wandelt, was früher anders war und was heute noch den Charme Regensburgs ausmacht, oder auch leider zerstört wurde.
Ob es sich um die „Untere Wöhrdler Gmoa" handelt, oder die flotte Zeit im Colosseum, das alte Jahnstadion oder die Reitschule Dobs am Rennplatz. So mancher Regensburger wird durch die 620 Bilder auf 396 Seiten an schöne Zeiten erinnert und durch aktuelle Aufnahmen seine Stadt neu erleben. Ein umfangreiches und interessantes Buch, für Leser die mehr von Regensburg erfahren möchten.

Einblicke in Regensburg abseits der Touristenpfade – auch im zweiten Teil dieses Stadtportraits
– nicht nur für Regensburger – bekommt der Leser interessantes Hintergrundwissen der
heimatverbundenen Autorin Rita Lell. Sie zeigt atemberaubende Blicke vom Dom St. Peter,
die Geschichte der Wurstkuchl, die beeindruckende Welt der Dombauhütte, die schöne
Zeit an der Schillerwiese, warum Keilberg ein außergewöhnlicher Stadtteil ist und sich
Regensburg zurzeit so verändert, Technologien verschwinden, Neubauviertel entstehen.

In 461 Bildern kann der Leser schmökern, verstehen und staunen, warum die Zucker-Susi
nicht mehr fährt, wie es aus Winterparadies Dreibäumelberg ausgesehen hat, oder warum
die Kulturszene an der Ladehofstraße verschwunden ist.

Ein Buch zum Verlieben, Nachdenken und Genießen.

9 783741 251818

Rita Lell

Regensburg

Was war und was bleibt

Band II

Rita Lell

Regensburg
- was war und was bleibt-
Band II

Books on Demand
Preis: 29,99 Euro, 320 Seiten
461 Abbildungen
ISBN 978-3-7412-5181-8

Unveröffentlichte historische Aufnahmen, kombiniert mit aktuellen Bildern, zeigen Regensburg wie es wirklich ist. Fern ab von touristischen Pfaden, aus der Sicht einer Regensburgerin, die Typisches auf den Punkt bringt und den Leser begeistert. Sie zeigt atemberaubende Blicke vom Dom St. Peter, die Geschichte der Wurstkuchl, die beeindruckende Welt der Dombauhütte, die schöne Zeit an der Schillerwiese, warum Keilberg ein außergewöhnlicher Stadtteil ist und sich Regensburg zurzeit so verändert.
Technologien verschwinden, Neubauviertel entstehen.
In 461 Bildern kann der Leser schmökern, sich erinnern und verstehen, warum die Zucker-Susi nicht mehr fährt, wie es am Winterparadies Dreibäumerlberg ausgesehen hat, oder warum die Kulturszene an der Ladehofstraße verschwunden ist.
Ein Buch zum Verlieben, Nachdenken und Genießen.

Das größte Geschenk, das Eltern ihrem Kind machen können, ist ein stark
entwickeltes Urvertrauen. Die ersten drei Lebensjahre eines Menschen können
als die wichtigsten Erziehungsjahre benannt werden. Die Fundamente der
Entwicklung werden gelegt, Lebenseinstellungen, Interessen und Sichtweisen
darauf erbaut. Ganz automatisch formt sich ein Mensch zu einer Persönlichkeit.
Begleiten sie Lucie in ihren ersten drei Jahren und lassen sie sich verzaubern von der Wichtigkeit einer glücklichen Kindheit.
Nur ein stabiles Fundament trägt einen erfolgreichen Erwachsenen.

Rita Lell

Die ersten drei Jahre

Der blaue Weg

Rita Lell

Der blaue Weg

Die ersten drei Jahre
ein Bilderbuch für Eltern

Rita Lell

Der blaue Weg
Die ersten drei Jahre

ein Bilderbuch für Eltern

Books on Demand
Preis: 21,90 Euro, 176 Seiten

113 Abbildungen

ISBN 9-783844-802313

Das größte Geschenk, das Eltern ihren Kindern machen können, ist ein stark entwickeltes Urvertrauen. Die ersten drei Lebensjahre können als die wichtigsten Erziehungsjahre benannt werden. Die Fundamente der Entwicklung werden gelegt, Lebenseinstellungen, Interessen und Sichtweisen darauf erbaut. Ganz automatisch formt sich ein Mensch zu einer Persönlichkeit.
Begleiten sie Lucie in ihren ersten drei Jahren und lassen sie sich verzaubern von der Wichtigkeit einer glücklichen Kindheit.
Nur ein stabiles Fundament trägt einen erfolgreichen Erwachsenen.